그렇게 쓰여 있었다

그렇게 쓰여 있었다

마스다 미리 에세이

박정임 옮김

이봄

이 세상에는 자신을 닮은 사람이 최소한 세 명은 있다고 한다.

내 경우에는 "엄마를 꼭 빼닮았구나!"라는 말을 어릴 적부터 지금까지 쭉 들어왔으므로, 이미 한 사람은 발견 완료다.

그리고 애니메이션 〈앙팡맨〉에 나오는 바타코 씨*를 닮았다는 말도 자주 듣는데, 그 이야기를 들려주면 대부분 "와아, 진짜 닮았네. 닮았어." 하고 고개를 끄덕이면서 수긍한다. 이걸로 두 명은 확보한 셈. 그런데 두번째 경우는 약간 곤란한 문제가 있다. 바타코 씨는 잼 아저씨와 함께 빵 공장에서 일하는 여성인데, 잼 아저씨도 바타코 씨도 모두 인간이 아닌 '요정 같은 존재'라는 것. 불가사의한 마력을 지닌 초자연적 존재인 '요정'을 과연 사람이라 할 수 있을까?

그밖에도 자전거 보관소에서 나를 꼭 닮은 사람을 봤다거나, 심지어는 어느 역 앞에 세워진 거대한 고양이 동상을 닮았다는 소리까지 들었다.

※ 한국에서는 각각 〈호빵맨〉과 버터누나로 번역되었다.

곳곳에 나를 닮은 사람과 물체가 존재하는 모양인데, 그 수가 세 명 또는 세 개를 훌쩍 넘는다.

하지만 나라는 인간은 이 세상에 단 한 명밖에 없다. 세계 어디를 찾아봐도 진짜 나는 하나인 것이다.

아니, 정말 그럴까.

어렸을 때, 용돈을 받으면 달려가곤 했던 빵집까지의 아스팔트길에는 뜻밖의 장애물인 커다란 웅덩이와 몇 개의 작은 웅덩이가 있었다. 무서워서 조심조심 그것들을 피하면서 걷던 어린 내 보폭을 기억한다.

그리고 중학교 입학식 날 아침, 중학생 교복을 입고 학교에 가는 게 어색하고 부끄러워서 고개를 푹 숙인 채 걸을 때 시야에 들어왔던 하얀색 긴 양말도 잊히지 않는다.

그 아이들은, 그 아이 그대로 존재하는 것은 아닐까.

그 아이들 모두가 지금의 '나'로 변화했다고 생각되지 않는다. 그 아이들 각자는 나와 닮은 얼굴로 건강하게 살아 있는 듯한 기분이 든다.

어른인 내 안에서.

차
례

따
로
또
같
이

올해 납량회는 긴자에서 제대로

그 사건은 긴자에서 일어났다.

유카타*를 입고 '납량회納凉会'라는 이벤트에 참가한 밤의 일이다. 말 그대로 더위에 지친 사람들끼리 모여 서늘한 기운을 느껴보자는 뜻으로 모인 '납량회'는 사실 몇 년 전부터 이어진 우리의 여름철 연례행사다. 그날 밤에는 특히 친숙한 얼굴들이 많이 모였다. 모두들 유카타를 걸쳤으며, 우리가 통째로 빌린 레스토랑은 무척이나 떠들썩했다.

분위기가 한창 무르익었을 즈음, 한 사람씩 앞으로 나와

✻ 일본의 전통의상인 기모노의 일종. 원래는 속옷을 입지 않고 간편하게 걸치는 옷으로 목욕 후나 여름에 주로 입는다. 요즘은 불꽃놀이 등 여름 축제에 자주 입는다.

자신의 근황을 보고했다. 좌석 순서대로 진행되었던 까닭에 나는 두번째. 앞에 나가서 말한다는 생각을 하면 기다리는 동안 점점 긴장해버리는 성격이라서 내 순서가 빠른 게 오히려 고맙다.

드디어 첫번째 사람의 말이 끝나고 내 순서가 되었다. 마음을 다잡고 앞으로 나가려는 순간, 유카타의 넓은 소매가 테이블 위에 놓인 잔에 걸리고 말았다.

그와 동시에, 쨍그랑 하고 유리컵이 깨지는 소리가 날카롭게 온 실내에 울려퍼졌다.

"마리, 안 다쳤어?"

"유카타에는 안 묻었어?"

흥겨웠던 실내 분위기는 일순간 웅성웅성.

불행 중 다행으로 잔에 담겨 있던 건 물이었다. '만약 레드와인이었다면?……' 하는 생각이 들자, 갑자기 오싹했다.

유카타 모임이기는 하지만, '기누코바이'를 입은 사람이 드문드문 있었던 것이다. 기누코바이는 조금 고급스러운 성인용 유카타이다. 사각사각하는 느낌이 나는 시원한 재질의 비단옷으로 긴 속옷과 버선만 갖추면 여름 기모노로도 활용할 수 있다. 나 역시 그날 밤에는 몇 년 전 큰 맘 먹고 장만한 고가의 기누코바이를 입고 있었다. 컵이 깨져 무척 당황스럽기는 했지만 다른 사람 옷을 더럽히지 않고 끝나 그나마 천만다행이라고 가슴을 쓸어내렸다.

그런 사건을 일으켰음에도 즐겁기만 했던 납량회.

하지만 모임이 끝나고 레스토랑 앞에서 사람들과 작별 인사를 나눌 때 진짜 사건이 일어났다.

어디서 무언가가 휙 날아와서는 내 기누코바이 위에 앉은 것이다. 검은 타원형의 벌레. 그건 틀림없는 바퀴벌레였다. 내가 '꺄악!' 소리를 지르며 펄쩍 뛰자, 그 녀석은 긴자의 밤하늘로 사라져버렸다. 모처럼 공들여서 차려입고 나왔는데……. 무안함에 얼굴이 붉어졌다.

하지만 친구들은, "어머, 깜짝 놀랐네. 풍이*였나봐!" 하며 매끄럽게 넘겨주었다.

그런데 긴자 거리에 그렇게 큰 풍이가 있을 리는 없는 것이다.

* 나무의 진이나 과실에 모이는 네모난 머리에 광택 나는 구릿빛 직사각형 몸을 가진 딱정벌레목 꽃무짓과의 곤충.

믹서에 흑맥주를 넣으라고?

페루 요리를 먹기로 했다. 카페에서 차를 마시던 중 페루 요리가 맛있다는 이야기가 나왔고, 페루 요리를 먹어 본 적 있다는 친구네 집에서 '페루 요리를 만들어 먹는 모임'이 급작스레 결성된 것이다.

모임 당일.

페루 요리 모임에 가져갈 선물은 뭐가 좋을까.

슈퍼마켓을 어슬렁거리며 고민하던 중, 과일 판매대에서 멕시코산 리치Litch를 발견했다. 아, 페루와 멕시코는 지리

적으로 가깝지, 생각하며 리치를 사서 친구 집으로 향했다.

"안녕, 좀 늦었지?"

문을 열자, 여자들이 주방에서 페루 요리와 격투중이다.

"괜찮아. 이제 시작이야."

이렇게 해서 나도 전투에 참전한다. 사진도 그림도 전혀 없이 조리과정만 적힌 매우 불친절한 페루 요리책. 하지만 책을 읽어가며 처음 만드는 페루 요리에 도전하는 그 즐거움은 더없이 크다. 과연 어떤 요리가 만들어질까.

"그럼 고수를 믹서에 넣고."

"네, 네."

"그다음으로 믹서에 흑맥주를 넣고."

"네, 네?"

그 순간, 모두의 동작이 멈춘다.

"근데 말야, 맥주를 믹서에 넣어도 괜찮을까?"

"몰라. 이 책에 그렇게 쓰여 있어."

왠지 이상하다는 생각을 하면서도 계속해서 믹서에 여러 가지 요리 재료를 계속 집어넣고 있는데,

"앗, 미안. 맥주는 냄비에 넣는 거였어!"

놀라서 황급히 맥주만 냄비에 따라낸다.

그럼 그렇지. 맥주를 믹서에 넣다니 말도 안 되지. 모두들 그렇게 안도하고 있는데, 한 친구가 씨익 웃으면서 툭

내뱉는다.

"하지만 약간 궁금했는데."

나도 조금 궁금했다. 믹서에 든 맥주 거품은 어떻게 될까? 거품이 넘쳐 혹시…… 믹서가 터져버리는 건……. 여전히 어린 시절의 장난기가 남아 있는 것이다.

닭고기를 넣어 지은 밥이 맛있게 완성되었고, '세계 요리를 만드는 모임'을 또 하기로 한다. 무엇이든 '○○ 하는 모임'으로 이름을 붙여 분위기를 띄우고 싶은 여자들의 모임인 것이다.

마
지
막

수
업

성인이 된 후 시작한 피아노. 아주 느렸지만 조금씩 칠 수 있게 되었다. 나는 바흐의 짧은 곡을 계속 연습했고, 새로운 선생님으로 바뀐 후에도 같은 곡을 계속해서 배웠다.

3년 정도 가르쳐주었던 선생님이 개인 사정으로 피아노 학원을 그만두게 되었을 때는 진심으로 슬펐다. 나보다 나이 어린 여성이었지만, 나보다 훨씬 안정적인 느낌이 드는 멋진 선생님. 매주 레슨을 가는 것이 즐거웠다. 하지만 복습을 전혀 하지 않았던 난, 좋은 학생은 아니었다.

선생님의 마지막 수업 날.

"자, 마지막으로 저와 이중주를 해볼까요."

선생님과 함께 나란히 앉아 피아노를 연주하게 된 것이다.

최소한 오늘만은 잘하는 모습을 보여야 해!

그런 마음으로 연주했지만, 생각처럼 손가락이 움직이지 않는다.

내가 버벅거릴 때마다 선생님은 "괜찮아요, 괜찮아요." 하며 격려해주었다.

선생님의 연주에 기대어 간신히 끝까지 곡을 마쳤을 때는, 이미 코끝이 찡. 당장이라도 눈물이 쏟아질 것 같았다.

피아노를 전혀 치지 못했던 나를, 정말 끈기 있게 가르쳐주었다. 피아노의 즐거움을 느끼게 해주었다.

그렇게 지난날의 추억이 떠올라 더욱 진한 감동이 몰려왔다.

"선생님, 오랜 시간 동안 감사했습니다."

마지막에는 마음을 담은 작은 선물을 건네며 눈물을 보이지 않으려고 서둘러 작별인사를 했다. 마치 도망치듯 나왔던 것이다.

"그래서 나, 선생님께 고마운 마음을 제대로 전하지 못했어……."

이 이야기를 친구에게 했더니 단호하게 말한다.

"그냥 울었어야지."

"뭐?"

"울었으면 좋았잖아. 선생님이 무척 기뻐하셨을 텐데."

나는 그렇구나, 그랬겠구나, 생각했다.

그날 미처 전하지 못한 고마움은 지금도 내 마음속에서 하늘하늘 흔들리고 있다.

전부 해서 5,990엔짜리 소풍

어른들의 소풍!

무언가 이름을 붙이면 조금 특별한 느낌이 들기 때문에, '어른들의 소풍'이라고 이름을 붙여 친구들과 바람을 쐬러 나가고는 한다.

이번에는 도쿄 스카이트리※. 신문의 여행 광고에서 발견한 '현지 집합 해산'의 가벼운 여행을 신청했다. 일정은 스카이트리에서 네 시간 동안 자유 시간을 가진 후, 전철과 유람선을 이용해서 료고쿠로 가고 그곳에서 에도마에즈

※ 도쿄 스미다 구에 있는 전파탑. 「세계 최고 높이 타워」로 2011년 기네스북에 올랐으며, 2012년 5월에 전망대를 개장하였다. 제2전망대에는 유리로 된 복도가 있어서 공중을 걷는 느낌을 즐길 수 있다.

19

시* 뷔페. 전부 해서 5,990엔. 세 명의 친구들과 참가했다.

이윽고 당일. 집합 장소는 도쿄 스카이트리 단체 접수처였다. 약속시간이 되면 가이드가 깃발을 들고 온다고 해서 친구들과 함께 기다리고 있는데, 노란 깃발을 흔들면서 다가오는 한 사람. 드디어 왔다!

"반갑습니다, 여러분. 이쪽입니다. 저를 따라오세요."

젊은 남성 가이드를 따라서 걷다가, 친구 하나가 불쑥 말했다.

"근데, 우리, 이 여행사 맞아?"

자세히 보니, 신청했던 회사와 이름이 달랐다.

"이런, 여긴 다른 여행사야!"

황급히 되돌아오니 진짜 우리 여행사의 가이드가 점호를 하고 있었다.

우리는 다시 스카이트리 전망대로 향했다. 여행에 참가한 일행은 50명 정도 되어 보였다. 일단 네 시간의 자유 시간.

사실 예전에 엄마와 온 적이 있어서, 스카이트리는 두번째. 처음 왔을 때는 전망대 입장권과 아사쿠사에 있는 호텔 숙박권이 포함된 여행 상품을 이용했는데, 엄마는 정작 전망대에 올랐을 때보다 아사쿠사의 호텔방에서 스카이트리를 본 순간 더 흥분하셨다.

* 초밥 위에 생선을 얹은 스시. 보통 「니기리즈시」라고 하는데 과거엔 「에도마에즈시」라고 불렀다.

20

"우와~ 참말로 멋지네, 참말로 멋져. 예쁘다~야."

밤에 조명이 켜진 스카이트리를 파자마 차림으로 둘이 바라보았다.

"저쪽~ 저기가 센소지*야. 글구 낮에 커피 마셨던 곳은 이쪽이구."

내가 가리키는 곳을 보는지 안 보는지, 여하튼 엄마는 우와~를 연발했었다.

그때 내가 사용했던 말은 물론 오사카 사투리로, 엄밀히 말하자면 엄마에게만 사용하는 '딸'의 오사카 사투리였다. 어디가 어떻게 다른지는 설명할 수 없다. 하지만 확실히 그 어투는, 딸로서의 어감이었다.

친구들과 오른 두번째 스카이트리. 맑게 갠 하늘 아래로 도쿄의 거리가 펼쳐져 있었다.

먼 훗날, 이 경치를, 함께 늙어간 친구들과 그리워할 날이 올 것이라고 생각한다. 그땐 이미 엄마는 계시지 않을 거고, 당연히 아버지도 안 계실 거니까(두 분 모두 계실지도 모르지만), 나의 '딸 전용 오사카 사투리'는 봉인될 것이다.

전망대에서 내려와 일단 차를 마신다. 그리고 기념품 가게를 가볍게 돌아보고 다시 티타임. 네 시간의 자유 시간

* 도쿄의 전통미를 보러 온 관광객과 복을 빌기 위해 찾아온 시타마치 주민들로 늘 북적이는 시타마치 지역 민간 신앙의 중심지가 된 절.

중 우리 네 사람이 카페에서 차를 마시는 데 보낸 시간은 두 시간이 넘는다. 결국 수다가 가장 즐거운 것이다.

자유 시간이 끝나고 여행 일행은 스미다강을 운항하는 유람선을 타고 료고쿠로.

"잘 있어. 또 올게~"

유람선 갑판에 나란히 서서 스카이트리에 손을 흔든다. 바람을 맞으며, 친구들과 그곳에 서 있던 이는 표준어를 쓰는 나였다.

이제 남은 일정은 에도마에즈시 뷔페뿐.

식당에 들어가기 전, 친구들과 각오를 다졌다.

"이건 뷔페가 아니야. 전쟁이야!"

다른 팀과의 가벼운 쟁탈전은 있었지만, 배가 터질 듯 스시를 먹고는 괴로워, 괴로워, 하고 배를 문지르며 돌아오는 어른들의 소풍이었다.

나
도
롤
스
로
이
스
를
샀
다

롤스로이스를 사버렸다.

스니커즈계의 롤스로이스라 불리는 '뉴발란스 M1300'을 말이다.

걷기 편한 스니커즈를 사려고 하라주쿠로 갔다. 세상에 내가 모르는 세계는 산처럼 많고, 스니커즈계에 대해서도 당연히 잘 모른다. 이왕이면 멋진 것을 사고 싶었고, 하라주쿠라는 젊음의 거리에서 사면 되겠지, 하고 안이하게 생각한 것이다.

하라주쿠의 한 스포츠용품점으로 들어간다.

스니커즈가 즐비하게 진열되어 있다.

하지만 뭐가 뭔지 하나도 모르겠다.

갖가지 형태와 색상이 있는데다가 브랜드도 여러 가지. 아무리 그래도 "멋진 걸로 주세요."라고 말하기는 뭐해서 일단 종업원에게 평범하게 말을 건다.

"스니커즈를 찾고 있는데요."

"어떤 용도입니까?"

"많이 걷고 싶어요."

어떤 디자인을 좋아하는지 묻기에, 'N' 마크의 스니커즈가 비교적 많았고 그것이 뉴발란스라는 것쯤은 알던 터라 자신 있게 "뉴발란스가 좋아요." 하고 얼른 대답한다.

자세히 보니 뉴발란스에는 여러 가지 숫자가 붙어 있었다. 예컨대 574라든가, 576이라든가.

"숫자가 클수록 걷기 편한 건가요?"

성능이 좋다는 의미에서는 맞지만, 사람마다 발의 형태가 다르고 걷는 방식에도 차이가 있으므로 군이 숫자에 얽매일 필요 없이 신어봤을 때 맞는 게 가장 좋다고 조언한다.

그래, 몇 개 신어보자.

그전에 한 가지, 중요한 사실을 물어보지 않으면 안 된다.

"뉴발란스, 멋진가요?"

기대한 대로 대답은 '멋지다'였다. 그의 말을 믿고 다시 돌진할 각오를 한다.

뉴발란스를 이것저것 신어 보았지만 전부 편한 느낌이어서 그냥 색상으로 정할까 생각하는 순간, 문득 진열대 맨 위에 장식되어 있는 뉴발란스를 발견했다. '스니커즈계의 롤스로이스'라고 손 글씨 카드까지 붙어 있었다.

스니커즈 이상으로 자동차에 대해서도 문외한인 나이지만, 뭔가 굉장할 것 같다는 추측 정도는 할 수 있었다. 신어보니 폭신폭신한 느낌이다.

"굉장하네요, 이거!"

"랄프 로렌*도 애용하는 스니커즈입니다."

롤스로이스와 랄프 로렌. "ㄹ이 정말 많이 들어가네요." 라고 농담을 던지려다가 왠지 썰렁할 것 같아서 입을 꾹 다문다. 참고로, 랄프 로렌은 이 스니커즈를 신고 "구름 위를 걷는 듯하다."는 감상을 말했다고 한다.

'감상'이라고 쓰고 나니, 문득 떠오른 추억 하나. 몇 살 때였더라. 한 예닐곱 정도였을까. 나는 그때 핑크색 운동화를 갖고 있었다. 비닐로 된 얇은 운동화.

운동화에는 그림이 그려져 있었다. 오른쪽 발에는 여자아이의 얼굴, 왼쪽 발에는 남자아이의 얼굴. 그것을 본 한

* 상류사회의 라이프 스타일과 접목된 아메리칸 스타일을 선보이며 폴로(Polo) 브랜드를 창시한 미국의 패션 디자이너.

26

동네 친구가 '여자아이' 그림이 나를 닮았고, '남자아이' 그림은 소꿉친구였던 남자아이를 닮았다고 했다. 그 때문에 한동안 아이들에게 놀림을 받았다.

봄날이었다. 아파트 단지 내의, 포장되지 않은 흙길 위에 서서 핑크색 운동화를 내려다보던 내 시선을 기억한다. 솔직히 그때 나는 조금 기뻤다. 내가 운동화에 그려진 여자아이를 닮았다는 말에도, 놀림을 받은 상대가 소꿉친구 남자아이였다는 사실에도.

원래 이야기로 돌아와서, '뉴발란스 M1300'을 샀다. 값은 좀 비쌌지만, 걷기 편해 보였기 때문이다.

하지만 괜찮을까. 나처럼 스니커즈에 문외한인 사람이, 롤스로이스니 랄프 로렌이니 하는 키워드가 들어간 거창한 스니커즈를 신어도 되는 걸까. 종업원의 대답은 뻔하겠지만, 그래도 물어본다.

"스니커즈에 문외한인 사람이 이걸 신어도 될까요?"

"물론이죠. 괜찮습니다."

이런 연유로 롤스로이스를 손에 넣었던 것이다.

복숭아 파르페, 그 이상의 것

"과일 중에서 제일 좋아하는 게 복숭아예요~"

출판 일로 편집자와 통화를 하던 중 잠시 잡담을 나눌 때였다.

내 말에 상대방도 "앗! 저도요!"를 외쳤고, 곧바로 의기투합. 일주일 후에 디저트 카페에서 원고를 넘겨주고, 복숭아 파르페를 먹기로 약속했다.

마침내 기다리고 기다리던 복숭아의 날.

아침부터 동동거리며 시간에 쫓기다보니 아침은 물론

점심도 거른 채 약속 장소인 디저트 카페로 갔다. 그런데 자기 역시 아무것도 먹지 못했다는 편집자. 그래서 디저트부터 시작하는, 우아하지만 건강을 무시한 하루.

복숭아 파르페를 주문하고 기다리기를 몇 분. 드디어 복숭아 파르페가 나왔다. 정확하게 말하면, '오카야마 유메 백도*'로 만든 복숭아 파르페다. 보기에도 잘 익은 커다란 흰 복숭아가 아이스크림 위에 듬뿍 얹혀 있다.

우리는 복숭아 파르페를 성에 비유해서 어떻게 공략해야 하는지 얘기하면서 먹기 시작했다.

"나는 먼저 이쪽 복숭아를 해치우고, 아래에 있는 복숭아는 생크림과 함께 서서히 공격할 겁니다."

"마스다 씨, 만만치 않은데요."

어렸을 때, 나는 궁금해서 참을 수가 없었다. 어른들은 대체 무슨 이야기를 저렇게 열심히 할까?

길에서 만난 이웃과의 대화, 목욕탕 탈의실과 친척 모임에서의 대화. 모이기만 하면 끝없이 이야기를 하던 어른들. 즐거운 듯 함께 웃는 모습을 보면 대체 무슨 내용인지 몹시 궁금했다.

내가 "무슨 얘기야? 응?" 하고 끼어들면, "애들은 몰라도 돼." 하며 철벽방어.

※ 복숭아계에서 1위를 차지할 정도로 크고 달콤한 즙이 흐르는 오카야마 현의 꿈의 품종.

어른들의 길고 긴 대화가 부럽기도 하고, 또한 수수께끼였다. 타임머신을 타고 어렸을 때의 나를 만나러 간다면 가르쳐주고 싶다.

"있지, 어른들은 별로 중요한 이야기를 하는 것 같지는 않아."

"복숭아 다음으로 좋아하는 과일은요?"

"흠, 무척 어려운 질문인데요. 저는 세 개의 후보가 있습니다. 배와 거봉과 체리. 으~~ 결정을 못하겠어요."

"저는 감인 거 같네요."

복숭아 파르페를 먹으면서, 우리가 나누었던 대화는 대체로 이런 것이었다.

저녁노을계단에
앉아

간단한 볼일을 끝내고 나니 시간이 남았다.

"그럼 어디 산책이라도 할까?"

초여름의 선선한 해 질 녘. 친구 두 명과 산책을 하기로
한다. 가장 가까운 JR 선 매표소에서 노선도를 올려다보며
갈 곳을 정한다.

"우에노 공원은 어때?"

"니혼바시도 많이 달라졌다던데."

"아! 우리 저녁노을 보러 가지 않을래?"

협의 결과, 저녁노을을 보러 가기로 했다.

야마노테 선[1]의 닛포리 역에서 내려, 야나카를 향해 터벅터벅 걷는다. '야나카 긴자'라는 오래된 상점가 바로 앞에 커다란 계단이 있는데, 그곳에서 보는 저녁노을이 무척 아름답다. 커다란 계단에는 '저녁노을계단'이라는 이름마저 붙어 있다. 나는 전에 몇 번인가 보러 온 적이 있지만, 두 친구는 처음이라고 한다. 그래서 더욱 신이 나서 친구들을 안내한다.

"와아~ 축제 같아!"

상점가에 도착하니, 거리는 수많은 사람들로 붐비고 있었다. 일몰까지는 아직 시간이 있어서, 상점가를 잠깐 구경한다.

"맛있는 멘치카츠[2] 가게가 있어."

친구들을 데리고 그곳에 가보니 이미 길게 줄을 서 있다. 다진 고기에 역시 잘게 다진 양파 등을 넣고 둥글넓적하게 만들어 골고루 빵가루를 묻힌 후 기름에 퐁당. 뜨거운 기름에서 노릇노릇 튀겨지는 멘치카츠를 보니 절로 침이 고인다.

기다릴까?

묻기 전부터 세 사람 모두 기다릴 마음 가득이었다. 그리고 줄을 서서,

※1
도쿄 순환철도.

※2
민스 커틀릿.

"멘치카츠도 좋지만, 전갱이튀김도 맛있어 보여~"

"에이, 아까 카레 먹지 말 걸 그랬어!"

그런 이야기를 떠들고 있었다.

결국 나는 멘치카츠를, 두 친구는 연근튀김을 골랐다. 이제 막 튀겨낸 따뜻한 튀김을 들고 우리는 저녁노을계단으로 돌아왔다.

계단 옆에 나란히 앉아 석양을 바라보며 먹는 바삭하고 고소한 튀김.

"우리, 꼭 애들 같다."

그러고 있는데 어디선가 하양과 깜장 얼룩의 길고양이가 와서, 우리 앞에 다소곳하게 앉는다.

"왜? 너도 끼고 싶어?"

중년의 세 사람과 고양이 한 마리. 저녁노을빛을 받으며 바람을 맞는다.

세상에는 아름다운 것들이 수없이 많을 것이다. 그 아름다운 것 속에 분명히 지금 이 순간도 들어 있을 것이라고, 나는 생각했다.

일인당 다섯 잔의 홍차를

일 관계 약속이라도 만나는 사람이 전부 여자일 경우, "여자 모임이네~" 하며, 최근 인기 있는 곳이나 유명한 맛집에서 만나는 경우가 많다.

요 며칠 전에는 여성 동지 네 명이 호텔 카페에서 만나, 모두 '애프터눈 세트'라는 것을 주문했다.

가장 먼저 미니 사이즈의 샌드위치가 나온다.

"우와, 멋지다!"

순식간에 모두의 몸이 앞으로 쏠린다. 대개 외식할 때는 자신이 직접 만들기는 귀찮은, 그래서 웬만하면 하지 않는, 아니 하고 싶지 않은 것이 먹고 싶어지게 마련이다. 파이 틀에 넣어 구운 파이 사이사이에 소금에 절여 훈연 처리만 한 생햄과 치즈가 들어 있는 것만으로도 이미 즐겁다.

이어서 방금 구운 미니 스콘이 세 개 나왔다.

"점심 먹지 말 걸 그랬어!"

한 명이 억울해하고 있다. 게다가 홍차는 리스트 중에서 자유롭게 선택할 수 있었고, 무한 리필이었다.

리스트를 보며 홍차를 고르다가, 세련된 유니폼을 입은 종업원에게 묻는다.

"저기요, 이중에서 가장 비싼 홍차는 어떤 건가요?"

모처럼 마시는데 이왕이면 비싼 홍차가 이익이지! 하는 속셈을 감추지 않고 불쑥 말해버리는 나.

"전부 비싼 홍차예요."라는 미소 어린 대답에, 갑자기 의욕이 샘솟는다.

"한 명이 최소한 세 잔만 마시면 본전은 뽑습니다. 자, 힘냅시다!"

마지막으로, 다양한 케이크가 담긴 '모둠 케이크' 접시 등장. 브라보! 접시 위에 놓인 케이크를 입안 가득 밀어 넣으면서, 물론 일 얘기를 하면서, 홍차 리필도 잊지 않는 꼼꼼한 우리들.

점심 먹은 것을 후회했던 여성이, "쿠키는 더이상 못 먹겠어." 하고 남기려는 찰나였다.

"손수건에 싸서 가져가요. 아깝잖아요."

나머지 세 사람이 야단법석이다.

"그래요, 그렇게 할게요."

그녀는 급히 가방에서 손수건을 꺼내 접시 위의 마카롱 두 개를 쌌다. 집에 도착했을 즈음에는 바삭한 마카롱이 이미 가루가 되어 있을 것을 알면서도…….

"오늘은 유익한 오후였네요!"

우리가 마신 홍차는 무려 일인당 다섯 잔이었다.

주말의
자동판매기
앞에서

'지금 뭐해?'

친구에게 문자가 온 것은 밤 일곱시가 지나서였다. 근처 역에 있으니 밥이라도 먹자는 것이었다. 때마침 막 완성한 만화 원고를 보내려고 현관 앞에 서 있던 나.

'15분 후에 서점에서 봐!'

답장을 보내고, 자전거에 올라탔다.

봄의 밤바람.

친한 친구와의 주말 저녁식사.

즐거운 마음이 속도를 더해 자전거가 빠르게 앞으로 나아간다.

조금 거슬리는 일이 있어서 신경이 곤두서 있던 문제도,

'에이, 됐어. 어떻게 되든 상관없어!'

그런 마음이 들자, 페달을 밟는 다리에 갑자기 힘이 솟는다.

역 앞 자전거 거치대에 자전거를 세우고 편의점에서 원고를 보내고 나니 딱 15분.

"기다리게 해서 미안. 뭐 먹을까?"

친구를 만나 최근에 발견한 작은 카페로.

포근한 감자로 방금 막 만든 따끈따끈한 매시포테이토, 구운 채소, 새우와 호박이 들어 있는 커다란 피자를 먹으며, "맛있어", "맛있어"를 연발하며 수다를 떨고 폭소를 터뜨린다. 배 터지겠어, 하면서도 디저트로는 아이스크림을 얹은 구운 사과(한 개가 통째로).

"뭐야, 벌써 열한시가 넘은 거 알고 있었어!?"

"정말? 난 아홉시나 됐겠지 했는데!"

카페를 나와 전철역을 향하던 도중 낯선 자동판매기를 발견한다. 무엇이 나올지 알 수 없는 장난감 자동판매기 같은 것인데, 한 번에 1,000엔이나 한다.

"혹시 디지털카메라나 닌텐도 게임기가 나올지도?"

좋아, 도전해보자며 둘이서 해봤는데, 친구는 디지털 줄넘기. 줄넘기 횟수를 기록해주는 상품인 모양이다.

좋은데, 재미있어 보여. 내 건 뭘까?

두둥. 상자를 열자, 탱크 조립모형…….

"나도 디지털 줄넘기면 좋을 텐데."

내가 부러워하자,

"다음에 같이 공원에 갈 때 가져갈게."라고 한다.

기껏해야 열 개 정도밖에 넘지 못할 것이라고 생각하지만.

한
송
이
에

　얼
　마
？

　　시부야에서 영화를 보고 밖으로 나오니, 밤하늘에는 보
름달이 떠 있었다.

　　전철역으로 향하는 인파에 섞여 홀로 터벅터벅 걷는다.
사실 '터벅터벅'보다는 '터덜터덜.' 서글픈 영화에 전염되
어 나도 서글픈 기분이 넘치고 있었다.

　　나는 어떤 인생을 보내게 될까.

　　인생이란 뭘까.

　　10대 무렵의 종잡을 수 없는 감정이 지금도 사라지지 않

아, 이런 밤에는 어쩐지 불안하다.

어디서 차라도 마시고 들어갈까.

그런 생각도 했지만, 영화를 보기 전 백화점 옥상 벤치에서 먹었던 빵 때문에 이미 배가 부르다. 게다가 카페에 들어갈 마음도 딱히 들지 않아 계속 걸었다.

고독과는 다르다.

무력감도, 공허함도 아니다.

단지, 서글펐다. 그리고 그 서글픔을 느끼고 있는 이 순간 역시 사라진다는 것을, 안타까워하고 있는 것이다.

서글픔이 없는 인생 따위.

'서글픔'에 어딘가 매료되어 있는 것이다.

그래, 이런 날에는 꽃집에 들렀다 가야지. 화사한 꽃다발을 사자. 그래, 장미야. 장미를 사야지. 늘 사던, 가판대에 올려놓은 할인상품이 아닌, 유리 진열장 안에 들어 있는 멋진 커다란 장미를.

굳게 마음을 먹고 꽃가게로 들어갔지만, 역시 값이 마음에 걸린다.

"한 송이에 얼마예요?"

옅은 핑크색 장미. 노란색도 살짝 섞인, 어렸을 때 먹었던 아이스캔디 같은 색이다.

"한 송이에 450엔입니다."

그 말에 멈칫한다. 그래, 오늘은 꽃다발이 아니어도 좋아.

"다섯 송이만 주세요."

다섯 송이에도 당당한 존재감이 있다.

포장된 장미를 조심스럽게 들고 집으로 향한다. 도중에
멈춰서 보름달을 올려다보고, 아, 동그랗구나, 하고 만족하
면서 걷는다. 이미 '터덜터덜'이 아닌 '느긋하고 한가로운'
느낌.

집에 돌아와 장미를 꽃병에 꽂을 즈음에는 서글픔 따윈
완전히 자취를 감추고 있었다.

가
족
과

나

엄
마,
　　내
　　가
거
정
돼
?

엄마가 도쿄에 오셨기에 잠시 관광 가이드가 된다. 도쿄 역에 있는 양갱으로 유명한 '도라야' 카페로 모시고 갔다.

"맛있다~ 양갱이 커피랑도 잘 어울리는구나."

엄마는 감격했고, 오자마자 선물로 나눠주겠다며 도쿄 역에서만 파는 '도쿄역 한정판 양갱 선물세트'를 무려 다 섯 상자나 구입했다.

가마쿠라에도 갔다. 국가의 수호신이자 무예의 신 '하치 만八幡'을 기리는 쓰루가오카하치만구 신사까지의 참배로에는 기념품 가게가 대성황을 누리고 있었다. 선물 사는 걸 무척 좋아하는 엄마는 이곳에서도 즐거운 듯 쿠키니 센베이*니 하는 것들을 사들였다.

밤.

레스토랑에서 일식 정식을 먹으며 둘이 수다 삼매경. 잊고 싶은 서로의 흑역사에 배를 잡고 웃는다. 문득 대화가 끊어졌을 때, 나는 언젠가 엄마에게 물어보려고 했던 말을 꺼냈다.

"엄마, 아이도 없는 내가, 할머니가 되었을 때는 어쩌나 걱정돼?"

엄마는 잠깐 사이를 두고는, "응. 걱정돼." 하고 대답하신다.

작가 나쓰이시 스즈코의 단편집 『가내안전家內安全』에는 이제 막 태어난 자신의 아이를 보고 눈물을 흘리는 젊은 엄마의 이야기가 나온다. 그 젊은 엄마는 눈앞에 있는 갓난아기가 성장해서 노인이 되는 걸 상상한다. 그러자 불안한 마음이 들었고, 늙은 자신의 아이가 마침내 죽음을 맞이했을 때 무섭지 않기를, 힘들지 않기를, 아프지 않기를 기도한다. "그리고 부디부디, 그때 이 아이가 혼자가 아니기를." 하면서 펑펑 우는 것이다.

아이를 낳은 적이 없는 나는 놀랐다. 이제 막 태어난 아기를 앞에 두고, 그렇게 먼 미래를 걱정하다니.

나는 그날 밤 레스토랑에서 엄마에게 말했다.

"엄마, 나는, 내 뜻대로 살아서 행복해. 혹시 혼자 죽음을 맞게 되더라도, 괜찮아."

엄마는 "그래, 그렇구나." 하고 가만히 고개를 끄덕이셨다.

그리고 엄마와 나는 디저트로 나온 바닐라 아이스크림을 깨끗하게 먹어치웠다.

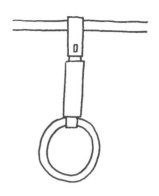

나의 손과 엄마의 도감

현관 앞에서 엄마가 영업사원과 이야기를 하고 계셨다. 내가 초등학교에 들어가기 얼마 전이었다.

"너, 이런 거 필요하니?"

엄마가 책을 보여주셨다. 나는 잘 모르면서도 "응." 하고 대답했다.

얼마 후 우리집에 어린이용 도감 25권 전질이 도착했다.

국어, 천문학과 기상, 사회구조, 기계 등 여러 가지 내용이 있었지만, 손에 든 것은 그 가운데 다섯 권뿐.

『동물도감』, 『곤충도감』, 『어패류도감』, 『조류도감』, 『식물도감』.

모두 사진이 아닌, 아름다운 일러스트로 가득 했다.

그중에서 특히 『조류도감』이 마음에 들었다. 그 책에 그려진 새 중에서 나는 어떤 새가 되고 싶은지, 고르면서 책장을 넘겼다. 수컷이 화려한 색을 가진 새가 많아서 조금 실망했지만, 암컷은 암컷대로 호감이 갔다.

어른 새와 함께 그려진 새끼 새들. 새끼 새들은 모두 어미 새 옆에 있었다. 내게는 장난을 치고 있는 것처럼 보였다.

"다행이야. 부모님이 지켜주니까 무섭지 않지?"

나는 늘 새끼 새의 마음이 되어 있었던 것이다.

살림에 여유가 있는 것도 아니었을 텐데, 엄마는 어느 날 과감하게 도감을 주문해주신 것이다.

'이렇게까지 많이는 필요 없는데…….'

도감이 집에 도착했을 때, 어린 마음에도 걱정했던 것이 기억난다.

성장하면서 조금씩 처분했지만, 지금도 내 옆에는 『조류도감』과 『동물도감』 두 권이 남아 있다.

펼쳐보니 조잡한 색상이나 종이 냄새도 옛날 그대로다.

그런데도 옛날과 달리 유독 이 책들이 작게 느껴지는 건,
내 손이 커졌기 때문이다.

까슬까슬한 마음

연말에 감기로 앓아눕는 바람에 본가에 귀성한 것은 새해가 되고도 닷새 지나서였다. 딱히 할 일도 없지만, 원래 할 일이 없는 곳이 본가라서, 텔레비전을 보거나 책을 읽으면서 뒹굴뒹굴한다.

바겐세일 구경이라도 할까 하고 엄마와 백화점에도 갔다. 새로 생긴 레스토랑을 발견해 둘이 점심을 먹는다. 일흔 넘은 엄마와 먹는 음식은 치즈를 듬뿍 올린 피자와 토마토파스타다. 여전히 쌩쌩 힘이 넘치는 엄마를 보고 있으면, 나도 아직은 기름진 음식을 먹어도 괜찮겠지 하고 마음이 밝아진다.

그리고 체력 하면 아버지도 뒤지지 않는다. 정년퇴직 후 아버지는 매일 아침 두 시간 정도 걷기를 이어가고 계신다.

내가 "엥? 그렇게 멀리까지 걷는 거야?" 하고 깜짝 놀랄 만한 곳까지 원정을 나가셨고, 겨울철에는 날이 채 밝기도 전에 집을 나서시는 모양이다. 언젠가는 제방에서 야생 미국너구리raccoon를 보았다고도 하셨다.

그런 건강한 아버지가 저녁 식사 자리에서 무심코 툭하고 약한 모습을 내보이셨다.

올림픽이 화제가 되었고, 일본에서 개최될지 등의 이야기를 나누던 중이었다.

"설사 개최된다고 해도 내가 살아 있으려나."

나는 반사적으로 대답했다.

"그렇게 건강하시면서 별걱정을 다하세요."

웃어넘겼지만, 갑자기 마음이 까슬까슬해졌다.

나중에서야, 그 말은 아버지에게가 아니라 내 자신에게 했던 것은 아니었을까 그런 생각이 들었다. 그리고 그때 웃어넘기지 말고 물어보았어야 할, 중요한 것이 있었던 듯한 기분이 들었다.

비밀스런 감정

"도와줘서 고맙구나."

누구에게 그 말을 들었는지는 기억나지 않는다. 아마 놀러 간 곳의 이웃 아주머니였는지도.

초등학교 3학년 정도였을까.

그때 나는 커다란 공동주택 단지에서 살고 있었고, 거의 매일 또래 아이들과 뛰어놀았다.

단지 내에서 깡통 차기인지 뭔지를 하고 있으면, "간식 먹으렴~" 하며 이웃 주민들이 여러 가지 먹을 것들을 주셨다. 우리는 아이스크림이나 깎아놓은 배를 그 집 현관 앞에서 재빨리 먹어치우고는 다시 뛰어다니며 놀았다.

"도와줘서 고맙구나."

내게 그렇게 말한 아주머니는 아이들이 먹고 난 자리를 치워주고 계셨던 것은 아닐까 생각한다.

"나이가 먹으면 손이 버석버석해서 비닐봉지를 열기 힘들단다."

나는 딱 붙어 있는 새 비닐봉지를 손으로 문지르고 있었다.

"됐다!"

나는 의기양양하게 비닐봉지를 열었다.

그때 아주머니는 "도와줘서 고맙구나." 하며 기뻐해주셨다.

그것은 엄마를 도와주고 듣는 "도와줘서 고마워."라는 말과는 다른 것이었다. 다른 집 사람에게 도움이 되었다는 기쁨이 어린 내 마음을 가득 채웠고, 뭐라 말할 수 없는 뿌듯함을 느꼈다.

집에 돌아와서도 그 이야기는 엄마에게 하지 않았다. 말해도 됐겠지만, 굳이 말할 정도의 일도 아니라는 것을 알고 있었고, 그럼에도 나 자신에게는 굉장히 중요한 일이었다.

내가 아주머니에게 도움이 되었어.

누군가에게 도움이 되었어.

그건 자신만이 알고 있는, 자신만의 '감정'이었다.

아이들은 어른에게 모든 것을 보고하지 않는다. 그들에게 말하지 않았던 몇 가지 감정과 함께 지금의 내가 있다.

그런 먼 옛날을 떠올린 것은, 장을 보고 돌아오는 길 근처 어린이집에서 운동회 연습을 하고 있는 아이들을 보았기 때문일 것이다.

오코노미야키를

먹으면서

벚꽃도 질 무렵, 일 관계로 간사이에 가게 되어 밤에는 오사카에 있는 본가로 갔다. 저녁 메뉴는 묽은 밀가루 반죽에 좋아하는 재료를 넣고 부친 오코노미야키다.

예전에는 한 사람당 한 장씩 커다란 오코노미야키를 먹었지만, 동생도 결혼하고 나도 독립한 최근에는 컵 받침만 한 작은 크기다. 배가 고픈 정도에 따라 양을 조절하며 먹을 수 있는 방식을 채용한 모양이다.

엄마가 가정용 철판에 직접 구워 만든 미니 오코노미야

키. 재료는 심플하게 돼지고기뿐. 대신 붉은 생강은 넉넉하게. 아버지는 우동이나 소바를 얹어 굽는 오사카식 모던야키를 좋아하셔서, 엄마는 늘 삶은 국수에 채소와 고기 등을 넣고 볶은 야키소바를 넣어드린다.

간사이에서의 업무를 끝내고 도쿄로 돌아가는 신칸센 안. 가족의 대화에 대해 생각했다.

오코노미야키를 먹으면서 나는 부모님과 어떤 이야기를 했었더라?

이렇다 할 만한 것이 떠오르지 않는다. 하지만 대화가 없었던 것은 아니며, 무언가를 이야기하고 있었다.

작년 여름에 사소한 일로 아버지와 크게 다퉜고, 올 새해에는 서로 말을 하지 않는 상태였다. 하지만 둘 다 자신은 잘못한 게 없다고 생각했고, 그러면서도 둘 다 자신도 조금은 잘못했다고 생각하고 있었던 것이다.

그리고 봄.

다퉜던 일은 조금도 건드리지 않고, 식탁에서 아무 일 없었다는 듯 이야기했다. 분명히 웃고 있었다.

그래, 무슨 이야기였는지는 생각나지 않지만 분명히 함께 웃었지, 하고 생각하며 신칸센에 몸을 맡기고 있었다.

도쿄로 돌아와서 하룻밤 자고 나니, 다음날 아버지가 직접 밭에서 키운 채소가 도착했다. 엄마가 이것저것 챙겨주신 것을 택배용으로 포장한 것은 나였다. 보내주신 채소에 대한 고맙다는 말은 늘 생략. 냉장고 채소 칸에 아버지의 채소를 넣었다.

부모의 고마움

"부모의 고마움을 알게 될 거야."

본가에서 독립할 때 여러 사람에게 들었지만, 고마움은 커녕 혼자만의 생활이 편하고 좋다는 생각만 했다. 식사도 빨래도 청소도 내 것만 하면 되니까 손도 많이 가지 않았다.

번화가에 있는 원룸 맨션에 살아서 집 앞은 밤에도 환했다. 환했기 때문에 한밤중에도 자주 산책을 나갔다. 아침까지 영업하는 햄버거 가게에 가서 감자튀김을 먹으며 책을 읽었다. 그냥 멍하니 있기만 하는 밤도 있었다.

일러스트레이터가 되겠다고 선언하고 상경했지만, 매일 이런 식이었다. 회사에 다닐 때 모아두었던 돈이 다 떨어질 때까지 꽤 긴 시간, 난 아무것도 하지 않았다.

아니, 아무것도 안 한 것은 아니다.

하루걸러 마사지를 받았다. 일은 하지 않아도 어깨는 뭉쳤다.

그리고 가끔씩 파친코도 했다. 당시는 기계에 100엔짜리 동전을 넣으면, 100엔어치의 구슬이 나왔다.

"오늘은 700엔어치만 할까."

혼잣말하며 옆에 동전을 쌓아두고 하나가 없어지면 또 하나 하는 식으로, 느긋하게 파친코를 즐겼다.

지금은 이미 없어졌지만, 상점가에 '밥도장飯道場' 비슷한 이름의 식당이 있었고, 커다란 냉장고에 여러 가지 반찬이 담긴 작은 접시가 들어 있었다. 그것을 손님이 직접 꺼내 먹는 시스템이었다. 밥, 된장국, 간장과 양념을 곁들인 찬 날두부, 시금치나물. 어느 날의 저녁 메뉴다.

오사카에서 상경할 때, 아버지는 "언제든 돌아와도 좋다."며 여러 장의 신칸센 승차권을 주셨다. 가끔 본가에 돌아가면, 아버지는 "도쿄는 어떠냐?" 말고는 묻지 않았고, 엄마 역시 "밥은 제대로 챙겨 먹니?"밖에 묻지 않았다. 그리고 도쿄로 돌아가는 아침에는 매번 2만 엔을 주셨다. 두

분 다 일러스트레이터가 어떤 것인지도 모르셨지만, 고집
스러운 장녀에게 무슨 말을 해도 듣지 않는다는 것을 알고
계셨기에 재촉하지 않으셨다.

감사하다는 생각을, 이따금 하게 된다.

아버지와 영화

올해는 꼭 일주일에 한 편, 영화관에서 영화를 보겠어!

그렇게 결심했지만 좀처럼 가지 못하고 있다. 그래도 평상시의 세 배는 영화관에 가고 있다.

초등학교 때 아버지와 영화를 보러 간 적 있었다. 자기 아이들의 모든 학교 행사에 불참했던 아버지의, 뜻밖의 권유였다.

덧붙이자면 모든 학교 행사라 함은 입학식, 운동회, 학예회, 참관일 등 정말로 모든 행사다.

그런 곳에 가서 다양한 사람들에게 인사하는 것이 귀찮았던 것은 아닐까?

어른이 되고 보니, 내게도 그런 성향이 있어서, 조금은 아버지의 마음을 알 듯한 기분도 든다.

그날, 아버지를 따라가 본 영화는 〈알프스 소녀 하이디〉. 텔레비전 애니메이션의 다이제스트판이었다.

영화관을 나온 후, 식당가에서 점심을 먹기로 했다.

어느 가게가 좋으냐는 아버지의 물음에 나는 음식 진열장의 자루소바* 세트 견본을 보고 이곳이 좋다고 말했다. 거기엔 커다란 새우튀김이 곁들여 있었다. 평상시라면 "아이는 다 못 먹어!" 하고 엄마가 허락하지 않았겠지만, 다행히 이날은 엄마가 안 계셨다. 아버지라면 아무 말 하지 않을 거라고, 어린 나이에도 간파하고 있었던 것이다.

그런데 문제가 생겼다. 동생이 옆 식당의 음식 진열장을 보고는 그쪽이 좋다고 떼를 쓰기 시작했던 것이다. 나는 이쪽, 동생은 저쪽. 서로 한 치도 양보 않고 싸우는 것은 우리 자매에게는 일상다반사. 아버지는, 기껏 데리고 와줬더니, 하고 화가 나셨던 것 같다.

"싸울 거면 그냥 가!"

아버지는 원래 성격이 급한 남자다. 큰 소리로 화를 내고는 성큼성큼 걷기 시작했다. 그래서 이날 아무것도 먹지

* 네모진 어레미나 대발에 담은 메밀국수.

69

않고 돌아갔던 것도 같고, 분위기를 바꿔서 셋이 무언가를 먹었던 것도 같다. 잊어버렸다.

하지만 영화관을 나온 직후 아버지의 웃음만은 기억하고 있다. "재밌었어요!" 하고 나와 동생이 말하자, 아버지는 밝게 웃으셨던 것이다.

영화를 보러 갈 때마다 떠올릴 정도로 유쾌한 에피소드는 아니다. 그럼에도 내게는 잊혀지지 않는 추억의 한 장면이다.

접
시
돌
리
기
쯤은

　　나
　　도

할

　　수

있

다

'내게 아직 숨겨진 재능이 있는 것은 아닐까?'

그런 생각을 모두 조금씩은 갖고 있구나, 하고 확신한 것은 새해 가족모임의 오락회 때였다.

오락회라고 해봐야, 가족이 모였을 때 내가 약간의 여흥을 보여줄 뿐이지만, 제법 반응이 좋다.

올해에는 무엇을 할까. 고민하다가 기발한 아이디어 제품이 많은 도큐핸즈Tokyu Hands로 가보았다. 살펴본 결과, 접시돌리기, 트럼프가 작아졌다 사라지는 마술, 지폐가 공중에 뜨는 마술, 이 세 가지로 결정했다.

먼저, 마술 연습이다.

설명서를 읽고 손에 익혀간다. 특히, 트럼프가 작아지는 마술은, 여자 손에는 조금 '도구'가 커서 관객에게 보이지 않도록 주의해야 한다. 지폐가 공중에 뜨는 마술은 '도구'는 편하지만, 지폐를 '붙일 때'에 조금 요령이 필요하다.

연습 끝에 그런대로 타인에게 선보일 정도가 되었기에, 마지막으로 접시돌리기에 도전한다.

접시돌리기 같은 건 금방 되겠지.

나는 그렇게 과신하고 있었다. 텔레비전에서 연예인이 하는 것을 보고는, '내게는 접시돌리기의 재능이 있을 것 같아. 저 정도는 할 수 있겠어.' 하는, 근거 없는 자신감에 빠져 있었던 것이다.

하지만 실제로 도전해보니, 접시는 전혀 돌아가지 않았다. 접시라고는 해도 초보자용 플라스틱 접시. 떨어뜨려도 깨지지는 않지만, 이렇게 죽어라 떨어뜨리면 아무리 플라스틱이라도 뚝 하고 부러지는 것은 아닐까. 걱정이 될 정도로 실패의 연속이었다.

도쿄에서 한나절을 연습했지만 성공하지 못하고, 결국 오사카의 본가에 오고 말았다. 그렇듯 부모님과 함께 〈홍백가합전〉*을 보았다. 연말의 우리집 연례행사이기 때문

✻ 인기 연예인들이 홍팀(여성 팀)과 백팀(남성 팀)으로 나뉘어 노래와 응원전을 펼치는 NHK 가요 프로그램.

이다. 하지만 다른 때와 달리 마음이 급하다. 가족오락회가 1월 2일에 있기 때문에 이제 더이상 지체할 시간이 없다. 가족들이 자러 간 사이, 나는 다시 연습을 시작한다.

늦은 밤, 내가 거실에서 달그락거리자,

"뭐 하니?"

자러 가신 줄 알았던 엄마가 목욕을 마치고 나오는 바람에 그만 들키고 말았다. 오락회까지는 엄마에게도 비밀로 하고 싶었지만 어쩔 수 없다.

"그냥 좀, 접시돌리기 연습……"

내가 고전하는 모습을 웃으며 보고 계시던 엄마가, "어디 엄마도 한번 해보자." 하며 일어나셨다.

'자신에게는 접시돌리기 재능이 있는 것은 아닐까?'

엄마도 역시 이 시점에서는 그렇게 생각하신 것이다.

"어? 의외로 어렵네."

"맞지, 맞지?"

"안 되네. 난 포기."

한동안 둘이서 해보았지만, 결국 포기하고 취침.

1월 1일 밤, 야호! 마침내 나는 기적적으로 접시돌리기에 성공했다!

그리고 1월 2일 가족오락회 당일.

"자, 이제부터 마술을 시작하겠으니 모두 나란히 앉아주세요."

부모님과 여동생네 가족을 의자에 앉히고, 박수를 강요한다.

"먼저, 트럼프가 점점 작아지다가 완전히 사라지는 마술을 보여드리겠습니다!"

음악과 함께(내가 직접 부른다) 마술을 시작.

"와, 작아졌어."

"진짜네. 대단하다~"

상당한 호응.

"이어서 접시돌리기입니다~"

내가 말한 순간, "그건 마술이 아니잖아!" 하는 반발이 일제히 쏟아졌지만, 무시하고 진행한다.

애써 연습한 보람이 있어서 접시는 떨어지지 않고 빙글빙글 잘 돌았다.

마지막 공연이었던 지폐 공중부양 마술이 가장 성공적이었지만, 관중들의 마음은 이미 떠나 있다. 좀 전에 했던 '접시돌리기'를 자기들도 해보고 싶어서 안달이 났던 것이다. 그리고 여흥이 끝나자 접시와 막대 쟁탈전……

'나에게는 접시돌리기의 재능이 있는 것은 아닐까?'

하는 생각을 하며 계속해서 도전하지만, 어느 누구도 쉽게 성공하진 못한다.

"언니, 대단하네!"

한참 후에야 나의 접시돌리기는 칭찬을 받았다.

야키소바와 난리굿

"이거, 만화 소재로 써도 돼!"

하는 말을 자주 듣는다. 그렇게 말하는 사람은 우리 엄마다.

저번에 본가에 갔을 때도 이런 보고를 해주셨다.

"내가 외출한 사이에 글쎄, 아버지가 혼자 요리 프로그램을 보고 계셨나봐. 맛있는 야키소바를 만드는 방법이었는지, 내가 돌아오자마자 야키소바를 만들어달라고 하시더라."

"그래서 어떻게 됐어?"

엄마에게 물었더니, "정말 난리도 아니었어." 하신다.

문제는 아버지가 레시피를 적어두지 않아서 만드는 방법이 알쏭달쏭했던 것. 그럼에도 불구하고 아버지는 주방에 있는 엄마 등뒤에서 "면을 석쇠에 구워서 눌은 자국을 만든 후에 뒤집어야 해."라는 등 자신이 기억하는 것만 전달하셨던 것이다. 그런데 우여곡절 끝에 완성된 야키소바를 보고는 "방송에서 본 거랑 달라."라고 하셨단다.

"그럼 어떡해. 내가 텔레비전을 본 것도 아닌데!"

그 바람에 엄마는 조금 화가 났고, 화가 나면서도 이 이야기가 재미있었던 듯, 만화 소재로 써도 된다고 내게 알려주신 것이다.

독립한 지 이래저래 20년이 된다. 가끔은 본가에 머물기도 했지만, 아버지와 엄마의 하루하루는, 내가 알고 있던 시절과는 다른 세계가 되어 있을 것이다.

정년퇴직하신 아버지가 낮에 요리 프로그램을 보고 있는 세계를 나는 알지 못한다.

아버지와 엄마, 두 분이서만 식사를 하는 세계를 나는 알지 못한다.

아버지와 엄마가 매일 아침 라디오체조를 하고 있는 세

계를 나는 알지 못하는 것이다.

"요즘에 우리는 교자를 폰즈 소스*1에 찍어 먹어."

저녁식사 때 엄마의 말을 듣고, 묘하게 쓸쓸한 기분이 들었던 적도 있다. 이미 '우리'에 나는 없는 것이다.

시간이 멈추면 좋겠다고, 어렸을 적 늘 생각했었다. 가족도 그대로, 나도 그대로. 영원히 이대로 변하지 않고 함께 있을 수 있으면 좋을 텐데. 그리고 지금도 고령의 부모님을 보며 여전히 그런 생각을 하고 있다. 시간이 흘러도 아무것도 변하지 않는 만화 시리즈 〈사자에 씨〉*2 네 집이 부러워지는, 그런 일요일 저녁이다.

*1 멸치 등을 우려낸 국물에 식초, 간장, 레몬을 섞어 만든 소스.

*2 평범한 전업주부 사자에 씨와 그 가족의 일상을 다룬 만화로, 작중 시간이 흘러가도 같은 무대, 같은 인물들이 등장하는 독특한 구성 형식의 시리즈물이다.

시
간
으
로
의

초
대

이 상 한 팬 티

'저런 이상한 팬티는 절대 입고 싶지 않아!'

어렸을 적 목욕탕 탈의실에서 작디작은 팬티를 입고 있는 어른 언니들을 보며 그렇게 생각했다.

하지만 입는다. 결국은 입게 된다.

중학생이 되자, 나는 귀여운 리본이나 예쁜 레이스가 달린 작은 팬티가 너무 입고 싶었다. 엄마를 졸라 처음 샀을 때를 기억한다. 엉덩이도 배도 거의 가려지지 않는 작은 팬티를 입어보니 갑자기 어른이 된 기분이었다.

이윽고 세월이 흘러, 지금 내 팬티는 이미 팬티인지 아닌지 알 수 없는 미묘한 물건이 되어 있다. 이른바 '복대 팬티.' '팬티'와 배가 냉해지는 걸 막는 '복대'가 합체한 것이다!

"와, 따뜻하겠다!"

어느 가게에서 발견하고는 이끌리듯 다가갔다. 사서 입어보니 생각 이상으로 따뜻했다. 배꼽 위까지 가려주고, 게다가 엉덩이도 푹 감싸준다.

지금의 내가 10대의 내게 한 가지 충고를 할 수 있다면, 망설이지 않고 "몸을 따뜻하게 해야 해."라고 할 것이다. 한겨울에도 교복 치마 속에는 하늘하늘한 작은 팬티와 얇은 타이츠뿐이었던 그때. 수업중에는 방석도 없는 차가운 의자에 앉아 있기 때문에 내 하반신은 하루종일 한기에 노출되어 있었다. 그러면 변비로 고생하거나 살갗이 거칠어진다.

아직도 갖고 있는 고등학교 학생수첩. 당시 학교에는 수많은 교칙이 있었다. 방한 복장 항목을 펼쳐보면 '겨울에는 교복 상의 속에 스웨터 등을 착용해도 좋다.'라고 쓰여 있다. 그때 "복대 엄수!"라고 지도해주었다면 얼마나 큰 도움이 되었을까…….

복대 팬티를 알아버린 지금, 난 더이상 미니 팬티로는 돌아갈 수 없다. 여름철에는 여름철대로, 시원한 메시mesh 소

재의 아웃도어용 팬티를 알아버렸기 때문에 이 역시 돌아
갈 수 없다. 결국 어린 시절 목욕탕에서의 내 맹세가 긴 세
월을 돌아 지켜지고 있는 셈인가.

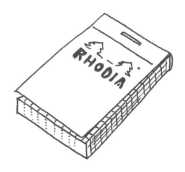

옛날 일기장엔, 그렇게 쓰여 있었다

버렸다고 생각했던 일기장이 나타났다.

어린 시절의 일기장만 남아 있다고 생각했는데, 열여덟 살부터 스물두 살까지 무려 5년 치 일기가 무더기로 상자 안에 들어 있었다.

그때의 나는 아이일까? 어른일까? 미묘한 나이라서 갈등하다가 버리지 않고 그대로 두었는지도 모른다.

모처럼 옛날 일기를 꺼내어 읽어본다. 이렇게 일기를 찬찬히 다시 읽어보기는 처음이다.

그 시절이 그렇듯, 내 일기장에도 사랑에 관한 이야기가 대부분이었다. 특히, 짝사랑하던 사람과 이야기를 나눈 날에는 둘의 대화를 연극 대본처럼 자세하고 장황하게 적어두기도 했다.

그런가 하면, 완전히 공상에 빠져 허구로 만들어낸 정말 어이없는 대화도 있었다. 이런 식.

"뭔데? 하고 싶은 말이."

"나, 너를 계속 좋아했어."

끝없이 이어지는, 자기 좋을 대로의 일방적인 대화들……. 처분하는 수밖에 도저히 다른 선택지는 없어 보인다.

오래전 일기를 읽다가 문득 어떤 것을 깨달았다.

그즈음 나는 죽어라 동창회만 하고 있었던 것이다. 계속해서 중학교와 고등학교 때 친구들을 만나고 있었다. 그리고 스무 살이 되어 전문대학을 졸업하자, 또 곧바로 대학 친구들과도 동창회를 한다.

마치 어른이 되는 걸 피하고 있는 것 같았다.

'지금의 나를, 절대 잊지 않겠어!'라는 듯. 필사적인 내 모습이 그대로 전해져 따끔따끔 마음이 아렸다.

"'어렸을 적'이라는 말은 아직 쓰고 싶지 않아."

내 일기에는 그렇게 쓰여 있었다. 그 말을 쓰게 되면, 어른의 세계로 밀려날 것 같아 두려웠던 걸까?

곰곰이 생각해봤지만, 결국 내가 몇 살부터 '어렸을 적'이란 말을 쓰게 되었는지 기억나지 않았다. 다만, 일기장 속에서 열여덟 살부터 스물두 살까지의 나는 완강하게 '어렸을 적'이라는 말을 거부하고 있었다.

중년이 된 지금의 나는 '어렸을 적'이란 말이 이미 아무렇지도 않다. 그뿐만 아니라 '내가 젊었을 적에는……'이라는 말조차 할 수 있게 되었다. 하지만 사실 '내가 젊었을 적에는'이라는 말은 아직 살짝 마음이 따끔하다. 따끔한 것이다.

첫

운

전

길안내 듣는 것을 좋아한다.

가끔 일 때문에 택시를 이용할 때가 있는데,

"○○ 대로에서 ○○ 대로로 빠져서, ○○ 갈림길에서 우회전해서 건널목 앞에 세워주세요."

하는 식으로 동승한 편집자가 운전기사에게 길안내를 시작하면, 나는 황홀경에 빠져든다.

마치 한 편의 시 같다. 앞으로 갈 장소에 대한 설명은 미래를 향한 음률이 된다.

나도 노래하듯 길을 읊고 싶다!

하지만 막상 나 혼자 택시를 이용하게 되면 이렇게 말한다.

"쭈욱 가서, 큰길을 건너주세요."

아름다움은 털끝만큼도 없다.

나는 길 이름을 외우지 못한다. 당연히 갈림길 이름도 모른다.

"이 길이 이런 이름이었군요. 외워놔야지."

뒷좌석에서 불쑥 중얼거리면, "마스다 씨, 전에도 같은 말을 했거든요?" 하며 실소한다.

이런 식이어서 내게 운전면허가 있다는 사실을 알게 되면, 다들 놀란다. 절대 그런 분위기가 아니라고 한다. 나도 그렇게 생각한다.

운전학원에서도 차마 눈 뜨고 볼 수 없는 모습이었다. 대학생 시절 봄방학중에 합숙 면허학원에 갔지만, 개학 후까지도 합격하지 못해서 결국 수업에 계속 빠져야 했다.

운전면허를 딴 지 얼마 되지 않았을 때의 일.

부모님 차로 드라이브를 나갔다. 고생 끝의, 기념할 만한 첫 운전이었다. 조수석에는 아버지가 계셨다.

"오른쪽으로 더 붙어!"

아버지는 원래 목소리가 큰데, 그날따라 그 크기가 20 퍼센트나 더 커졌다. 걱정하시는 마음은 충분히 이해했지만, 아버지의 목소리 때문에 더 깜짝깜짝 놀랐다. 긴장감 때문에 숨쉬기조차 힘들었다.

게다가 지나치는 차량의 운전자에게 욕까지 먹었다.

"어딜 보는 거야! 멍청하게!"

우지끈(심장이 부서지는 소리).

그 이후 단 한 번도 핸들을 잡지 않고 20여 년. 그때 필사적으로 외웠던 도로 표지판도 지금은 길가에 설치된 현대 미술일 뿐이다.

아름다운 꿈

"텔레비전 만화는 플립 북flip book※과 똑같은 방식으로 만든대."

어른들이 그렇게 말하는 것을 들고 초등학생이었던 나는 '그렇구나!' 하고 생각했다.

초등학교 때 플립 북이 유행이었다. 공책 구석에 한 장 한 장 겹치지 않게 연속적으로 그렸던 그림. 그것을 빠르게 넘기면 마치 그림이 움직이는 것처럼 보인다. 끈기 있는 아이는 교과서 한 권을 끝까지 사용해서 대작을 완성하기도 했다. 말하자면 텔레비전 만화의 짧은 버전인 셈이다.

그렇다는 것은?

텔레비전 만화용 책은 엄청나게 크다는 것이 된다. 방송은 30분이나 한다. 대체 어느 정도의 크기일까. 버스만 할지도 모른다. 그리고 대체 몇명의 어른들이 그 책을 넘기고 있는 걸까.

"준비, 땅!"

텔레비전 카메라 앞에서 수많은 어른들이 두두두두 책장을 넘긴다.

알았다!

방송 도중에 광고가 들어가는 것은 휴식시간이구나. 차를 마시거나 화장실에 가거나. 무지막지하게 큰 책 옆에서 땀범벅이 된 사람들이 앉아서 쉬고 있는 모습이 눈에 보이는 것 같았다. 그리고 광고가 끝나면 다시 "준비, 땅!"이 시작된다.

굉장히 힘든 일이구나. 하지만 조금 즐거울 것 같아. 그렇게 나는 그 일을 동경했다.

나는 고타쓰* 상판의 먼지 제거하는 일도 동경했다.

요즘 고타쓰 상판은 어떤지 모르겠지만, 옛날에는 상판 가장자리가 덧대어 있었다. 그래서 그 덧댄 사이로 먼지가

* 숯불이나 전기 등 열원 위에 틀을 놓고 그 위로 이불을 덮어 사용하는 난방 기구.

끼어 지저분했다. 우리집에서는 거기에 쌓인 먼지를 이쑤시개로 빼내곤 했는데 난 그것을 무척 좋아했다. 덧댄 곳에 이쑤시개를 꽂은 후 고타쓰 가장자리를 한 바퀴 빙 돌면 이쑤시개 끝에 까만 먼지가 달라붙어 있었다.

"엄마, 나, 크면 고타쓰 먼지 제거하는 사람이 될래."

그러면 엄마는 웃으면서 "고맙구나." 하고 말씀하셨다.

그리고 어린 시절 나는 우동 면을 자르는 사람이 되어도 좋겠다는 생각도 했다.

아버지는 낚시를 가기 전에 삶은 우동 면을 작게 잘랐다. 물고기 미끼로 쓰기 위해서다. 우동 면을 작게 잘라 빈 커피병에 넣는 작업은 꽤나 매력적으로 보였다. 언젠가 직업으로 삼고 싶다고 생각했다.

물론 나는 그 어느 꿈도 이루지 못했다. 하지만 떠올릴 때마다, 정말로 아름다운 꿈이었다고 생각한다.

통행금지 없는 어른 세상

영화관에는 심야 상영이라는 것이 있다. 밤 아홉시 정도
부터 상영해서 끝나는 것이 열한시 이후. 재밌어서 가끔씩
이용한다.

영화가 끝난 후에는 늦기 때문에 저녁은 늘 영화관 안에
서 해결. 그래서 심야 영화를 보러 가는 날에는 해질 무렵
부터 마음이 들뜬다.

무엇을 먹을까, 생각하면서 외출 준비를 하고, 여덟시 정
도에는 백화점에 도착할 수 있도록 집을 나와 지하 식품

매장으로 직행.

최근에는 외국인 관광객이 백화점 지하에도 많이 오는데, 모두들 흥미로운 듯 진열장 안을 들여다보고 있다.

어렸을 때 혼자 즐겼던 놀이 중에 '외국인이 되어 풍경 보기'가 있었다.

전철 등을 탔을 때,

'나는 일본에 처음 온 외국인이며, 눈앞의 풍경은 외국이다.'

그렇게 생각하며 거리를 바라보면 굉장히 신선했다.

공장 간판과 도로를 달리는 버스, 초등학교 건물, 검은 기와지붕의 집들.

이것이 일본이구나. 혼자 그런 생각을 하면서 바라보았다.

지금도 가끔 외국에서 놀러왔다는 설정으로 백화점 지하를 걸어볼 때가 있다.

그러면 어떻게 될까. 모든 것에 깜짝 놀라게 된다. 다코야키 가게도, 센베이 가게도, 오니기리* 가게도. 세상에는 정말로 다양한 음식이 있구나. 멈춰 서서는 하나하나에 감탄한다.

특히, 생선 코너에 가면 씩씩하고 좋은 목소리가 날아다닌다.

"어서 오세요, 어서 오세요. 아주 쌉니다!"

원래도 좋은 목소리지만, 이국땅에서 처음 듣는 목소리라고 생각하면 더욱 멋지게 들린다. 외국인 설정중인 나는 곳곳에서 감동하고 만다.

그런 놀이를 하면서 빵 등의 먹을 것을 사서 심야 영화관으로 향한다.

이럴 때마다 통행금지가 없는 어른의 세상에 다다를 수 있어서 정말 다행이라고 생각한다. 이제 어른인 나는 영화를 몇시에 보든 상관없는 것이다.

3D 프린터와 미래

자전거가 세상의 어둠을 판단하고 있다.

자전거가 스스로 라이트를 켰다 껐다 한다.

어느 밤, 자전거를 타다가 문득 감동했던 것이다. 어두워지면 라이트가 저절로 켜지는 자전거. 그런 것을 당연하게 여기는 세상이 되었지만, 생각해보면 참 똑똑한 물건이다.

"아주아주 작은 텔레비전이 있으면 참 좋을 텐데. 걸으면서 볼 수 있을 정도로."

어렸을 적 친척집에서 돌아오는 길에 나는 옆에서 걷고

있던 부모님께 그렇게 말했다.

그날은 토요일이었고, 내가 미친듯이 좋아했던 버라이어티 프로그램 〈8시다! 전원집합〉이 방영되고 있는 시간인데 역을 향해 걷고 있었던 것이다.

아버지는 그때 이렇게 말씀하셨다.

"그런 텔레비전은 만들 수 없어. 설령 만들었다고 해도, 그렇게까지 해서 볼 필요는 없어."

나는 그때 아버지가 "그런 텔레비전은 만들 수 없어."라고 단언한 것을 어른이 될 때까지 잊지 않겠다고 결심했다. 미래에는 분명히 그런 텔레비전이 나올 것이다!

"봐, 나왔잖아. 작은 텔레비전."

언젠가 아버지에게 그렇게 말하겠어라고 생각하는 아주 집요한 아이였다고도 할 수 있다.

미래가 되었고, 작은 텔레비전은 내 예상대로 나왔다. 게다가 작은 전화(휴대전화)로도 텔레비전을 볼 수 있다. 자전거의 라이트는 저절로 켜지고, 3D프린터 같은 것까지도 등장했다.

3D프린터.

입체를 그대로 복사할 수 있다고 한다. 3D복사로 만든 자동차로 실제 주행을 했다는 신문기사도 읽었다.

"3D프린터로 가장 먼저 무얼 복사하고 싶으세요?"

출판사의 남자 직원과 잡담하던 중 그에게 물었다.

"일단, 제 손이요."

"에~ 그걸로 무얼 하시게요?"

"내 손이구나, 하고 생각하며 볼 겁니다."

3D프린터를 사용해서 장사가 될 만한 것에 대해서도 이야기를 나누었다.

"저는 도시락이 좋을 것 같아요."

"도시락?"

"졸업을 앞둔 고등학생 자녀에게 마지막으로 만들어준 도시락. 그걸 3D프린터로 만들어서 추억 상품으로 파는 거, 어떨까요?"

집으로 돌아와서도 3D프린터에 대해 한동안 생각한다.

갓 태어난 아기는 어떨까? 멀리 있어서 자주 만날 수 없는 아기의 할아버지와 할머니를 위해 복사한 아기를 보내드리는 것이다.

"어머, 어쩜 이렇게 귀여울까!"

할아버지와 할머니는 3D손자에게 옷을 입히고, 이웃에게 자랑하기도 한다. 하지만 과연 어떨까? 혹시 무섭지는 않을까? 상자를 열었더니 아이가 떡하니 들어 있다면.

아직 없지만 있었으면 하는 것에 대해서도 생각한다.

내가 떠올릴 만한 것은 이미 존재하고 있을지도 모르고, 한창 만들고 있는 중일 수도 있을 것이다. 여하튼 지금 제일 갖고 싶은 것은 '공중부양 가방'이다.

이것저것 잔뜩 가방에 쑤셔넣고 들고 다니다 보면 어깨가 결리고 허리도 아프다. 특히 슈퍼마켓에서 사는 양배추와 무가 꽤 무겁다. 그런데 무거운 것이 가득 든 가방이 둥실둥실 공중에 떠올라준다면, 얼마나 홀가분하고 편할까 하는 생각이 들었다.

가방 테두리가 풍선처럼 되어 있다거나?

아님, 자석의 N극과 S극처럼, 지면과 가방이 서로 반발해서 둥실 떠오른다거나?

마음 같아서는 실내수영장에서 사용하는 부력판처럼 앞으로 안고 기대면서 걸을 수 있는 가방이 있으면 좋겠지만…….

타임머신이 있다면 과거와 미래, 어느 쪽으로 가고 싶은가 하는 질문에는, 난 단연코 '미래'라고 대답한다. 그리고 미래에 가서 이렇게 속삭이는 것이다.

"봐, 나왔잖아. 공중부양 가방."

지
구
를

사
다

상점에 들어갔더니 '지구'를 팔고 있었다. 정확히 말하면 지구를 투영하는 장난감이다. 크기는 테니스공 정도. 플라스틱 같은 딱딱한 것으로 만들어져 있다. 구체 아래에는 은색 돌기가 붙어 있는데 그곳에 물이 닿으면 자동으로 LED등이 켜지고, 지구 그림이 떠오르는 모양이다. 설명서에 그렇게 되어 있었다.

집에 돌아와 재빨리 작은 접시에 물을 담아 그 위에 올려본다. 그리고 신이 나서 부리나케 주방의 전깃불을 끈다.

냉장고 위로 프라이팬 크기의 파란 지구가 어렴풋이 비쳐
졌다.

　냉장고 위의 지구.

　마치 시 제목 같다.

　그러고 보니 초등학교 2학년 때 국어 수업에서 처음으
로 작문이라는 것을 썼는데, 내 글은 '작문'이 아니라 '시詩'
라는 말을 듣고 울었던 적이 있다.

　작문이란 어떤 것일까. 분명히 나는 여느 때처럼 선생님
의 설명을 듣고 있지 않았을 것이다.

　"자, 여러분 이제부터 작문해보세요."

　선생님은 그렇게 우리에게 말한 후 사라졌다. 일이 있어
서 교무실에 갔던 것인지도 모른다.

　선생님이 사라진 후, 나는 쓰기 시작했다. 무엇을 썼는지
는 잊어버렸지만, 갑자기 내 옆에 앉은 여자애가 나를 보
고 틀렸다고 지적했다. 앞자리 아이도, 뒷자리 아이도 끼어
들어 그 아이의 말에 동의하기 시작했다. 내가 쓴 것은 작
문이 아니라 '시'라고 했다.

　나는 '마침표(.)'와 '쉼표(,)'가 나오면 당연한 듯 줄을
바꿨다. 글의 줄을 바꾸는 행갈이를 했던 것이다. 예컨대
이런 식으로.

나는 어제,

학교에서 집에 가는 길에,

개를,

보았습니다.

작문은 '쉼표(,)'와 '마침표(.)'가 나올 때마다 다음 방(줄 또는 행)으로 가서는 안 되는 모양이다. 그것은 '시'에만 허락된 특권인 듯하다.

빨리 지우고 다시 써야 해.

하지만 눈물 때문에 원고지가 보이지 않았다. 울면서 글을 지우고 있자 대각선으로 뒤에 앉은 남자아이가,

"그렇게 써도 상관없는데."라고 말했고, 결국 반 아이 중 누구도 정답을 알 수 없게 되었다. 그애의 말이 끝난 후 교실이 웅성거리기 시작했을 때 선생님이 돌아오셨다. 그 이후의 일은 기억나지 않는다.

냉장고 위의 지구는 이미 봤으니, 잠시 후 욕실에서 시험해보기로 했다. 원래 그렇게 사용하는 상품인 것이다.

그리고 목욕 시간. 지구를 손에 들고 욕실로. 불을 끄고 욕조 안에서 천장의 지구를 올려다본다.

하지만 뭘까. 나는 대체 어떤 시선으로 지구를 감상하고

있는 걸까. 우주비행사가 되었다는 설정일까?

"푸른 지구여. 그 별에는 내가 사랑하는 사람들이 살고 있단다."

완벽하게 우주비행사의 마음이 되어보려고 애써보았지만 역시 조금 무리였다. 시리즈 상품에 '달'도 있었는데, 어쩌면 그편이 더 잘 어울릴지도 모르겠다.

그날 밤, 침실에서도 시험해보았다. 이불 위에서 올려다보는 천장의 지구. 어느새 난 잠이 들었고, 짐 선반에 처박히는 무서운 꿈을 꾸었다. 나쁜 꿈을 자주 꾸는 편이라 꼭 지구 장난감 탓은 아니라고 생각했다.

한밤중에 잠이 깬 나는 서둘러 눈을 감았다. 천장을 쳐다보는 게 왠지 무서웠던 것이다.

외국에 가기 전에 해야 할 일

일 때문에 외국에 가게 되었다.

출장 전에 몇 곳의 연재 원고를 미리 완성해두자!

그런 생각으로 분발하고 있었는데, 너무나 분발한 나머지 착각해서 주간지 연재 한 달분을 두 번이나 그리고 말았다. 원래 원고를 미리 넘기는 편이라 주간지 연재 등은 석 달 앞까지 해놓고 있는데, 그 두 달분까지 넘어가니 한참 뒤까지 완성한 셈이 되었다.

9월에 이미 내년 1월분 원고까지 완성한 것이다. 비행기를 타고 목적지를 향하던 중, 만약 이 여행에서 내게 무슨 일이 생긴다 해도 연재만은 해를 넘어 계속 이어지겠구나 생각하니 묘한 기분이 들었다.

외국에 나갈 때는 평상시에 통장에서 자동 인출되는 항목을 알기 쉽게 메모해둔다. 신문값, 헬스클럽 회비, 매달 4,190엔의 건강보험료 같은 것 말이다. 그리고 핸드폰과 인터넷 해지에 관한 것 등도. 만일에 대비해 쉽게 알아볼 수 있도록 항목별로 자세히 적어 책상 위에 둔다.

방구석에 어지럽게 쌓여 있는 자료 더미를 정리하는 게 선결 과제가 아닐까? 가끔 그런 생각도 하지만, 그건 뭐 됐어, 하고 매번 그대로 방치. 사실 그건 휙 버리기만 하면 끝날 일이다.

이렇게 비교적 준비성이 철저한 성격이지만, 정작 부모님 문제는 회피하고 있었다.

새해에 본가에 갔을 때, 엄마가 불쑥 이야기를 꺼내셨다.

"엄마와 아빠가 죽으면 묘지는 있으니까, 절 연락처는 ......"

"두 분 다 아직 건강한데 뭘. 지금 들어봐야 잊어버려."

나는 그렇게 얼버무리며 피해버렸다.

사실은 들어두는 편이 좋을 텐데.

하지만 진지하게 그 이야기를 듣다보면 분명히 슬퍼질 게 뻔하다. 특히 엄마가 없는 세상은 너무 쓸쓸하다.

비록 쉰을 코앞에 둔 중년이지만 부모님 앞에서는 언제까지고 어린 소녀인 것이다.

횡
단
보
도
의
　　　회
　　　색
　부
　분

횡단보도의 하얀 부분만 밟으면서 조심조심 건너곤 했
다. 통학로에서의 이야기다.

신발이 횡단보도의 하얀 부분에서 벗어나면 좋지 않은
일이 생긴다고 믿었던 것이다.

"그런 얘기 우리도 있었어."

출신지가 다른 몇몇 친구들도 역시 비슷한 횡단보도 규
칙이 있었다고 한다. 하얀 부분이 아닌 회색 부분을 밟으
면 안 된다는 것도 공통적이다.

초등학교 고학년이 되면 그것이 그냥 놀이의 일종이라고 이해하게 되지만, 저학년은 정말 필사적이다. 나는 매일 아침 정말로 신중하게 하얀 부분만을 밟았고, 하굣길에서도 절대 방심하지 않았다.

좋지 않은 일이 생긴다니…….

그것은 대체 어떤 종류의 일일까?

귀신이 나오는 건가?

어느 날 아침, 마침내 그 답을 알았다. 횡단보도의 회색 부분에 커다란 거북이가 납작하게 눌린 채 죽어 있었던 것이다. 딱딱했을 등딱지가 산산이 부서져 있었다. 무서웠다. 그것은 무척이나 좋지 않은 일이었다.

그리고 동시에, '거북이가 횡단보도를 건넜다.'는 사실에도 놀랐다.

너무 느렸구나. 조금만 더 갔으면 하얀 부분이었는데. 그렇게 생각하자, 거북이가 너무나 가여웠다.

분명히 누군가의 집에서 키우던 거북이였을 텐데. 지금쯤 가족들이 걱정하면서 찾고 있겠지.

그런 찜찜한 기분으로 학교에 갔다.

수업이 끝나고 돌아왔을 즈음에는, 납작해진 거북이는 온데간데없었다. 누군가가 치운 모양이었다. 하지만 회색 부분에는 거북이의 얼룩이 남아 있었다. 그것은 산산이 부서진 등딱지를 보았을 때보다 왠지 더 나를 무섭게 했다.

　물론 좋은 일이 생기는 규칙도 있었다.

　하루 동안 노란색 폭스바겐을 세 대 발견하면 좋은 일이 생긴다는 것이다. 그래서 쉬는 시간이 되면 학생들은 교실 창가에 옹기종기 모여 도로를 뚫어지게 지켜보고 있었다.

　좋은 일이란 단순했다. 아무리 사소한 좋은 일도 '폭스바겐 세 대를 봤기 때문'이라고 생각할 수 있었다.

　노란 폭스바겐 규칙의 엄청난 점은, 다른 사람에게 '줄 수 있다'는 것이었다. 세 대 이상을 본 아이는 남는 노란 폭스바겐을 친구들에게 줄 수 있었다. 그래서 부족했던 아이는 친구에게 받아 무사히 세 대를 채울 수 있었다.

　사랑 또는 우정.

　소중한 것은 눈에 보이지 않는다고 어른들이 가르쳐주었지만, 그즈음의 우리는 머릿속의 노란 폭스바겐을 이곳저곳으로 쉽게 옮기고 있었던 것이다.

　지금도 노란 폭스바겐을 보면 반사적으로 '앗' 하고 조그맣게 반응한다. 비록 횡단보도의 회색 부분은 이제 모르는 척 시치미를 뗀 채 건너고 있지만.

모든 것을 잃어도,

내게는 내가 있다

한밤중, 컴퓨터에 메일이 왔다는 것을 알았다. 분명히 늦게까지 편집부에 남아 있는 편집자가 보낸 것이리라. 혹시 저 사람 편집부에서 살고 있는 건 아닐까 할 정도로 늘 출판사에 있는 편집자도 많아서, 몇시에 메일이 와도 더이상 놀라지 않는다.

바로 메일을 확인한다.

예상은 빗나갔다. 친한 친구에게서 온 메일이었다. 최근에 애정하고 있다는 아이스크림 사진이 첨부되어 있었다.

'긴쓰바' 아이스크림이라고 한다. 팥소를 밀가루 반죽으로 감싸서 구운 긴쓰바를 아이스크림으로 만든다고? 하긴 바삭한 과자에 팥소를 가득 넣는 모나카도 아이스크림으로 나왔으니 비슷한 긴쓰바가 아이스크림이 되는 게 이상할 것도 없다. 암튼 '모나카' 아이스크림은 알고 있었지만, '긴쓰바'까지 아이스크림으로 나와 있는 줄은 미처 몰랐다. 재빨리 이번에는 내가 요즘 빠져 있는 기간 한정 '밤 아이스크림' 정보를 그녀에게 보냈다.

어렸을 때는 어른들이 새벽 세시에 친구와 아이스크림 이야기로 메일을 주고받을 거라고는 상상도 못했다. 물론 그때는 '메일' 자체가 없기도 했지만, 어쨌든 어른들은 좀더 심각한 이야기를 나눌 것이라고 생각했다.

어른.

'어른이 되면 반드시 마음이 더러워진다.'

그렇게 굳게 믿고 있었기에 나는 절대로 어른이 되고 싶지 않았다.

'어른은 거짓말쟁이. 어른은 자기 편할 대로만 말한다. 어른은 더이상 미래의 꿈을 꾸지 않는다. 어른 따위 재미없다. 어른, 싫다.'

하지만 막상 이렇게 어른이 되고 보니 잘 모르겠다. 나도 결국 더러워진 걸까?

친구와 한밤중에 귀엽게 아이스크림 이야기를 하지만, 냉정하게 생각하면 더러워진 것도 같다. 유니폼도 계속 입다 보면 색이 바래고 솔기가 터진다. 그처럼 넘어질 듯 비틀거리기도 하고, 때론 아예 벌렁 나자빠지기도 하면서 살아가기 때문에, 인간 역시 마찬가지가 아닐까.

오기와라 히로시[1]의 소설 『오로로콩밭에서 붙잡아서』[2]에 이런 멋진 대사가 나온다.

"모든 것을 잃어도, 내게는 내가 있다."

그렇다. 언제라도 내게는 내가 있다. 더러워진 것쯤은 아무것도 아니다. 그 사실을 한밤중에 새삼 확인하고, 그만 자기로 한다.

[1] 광고회사 카피라이터를 거쳐 『오로로콩밭에서 붙잡아서』로 제10회 소설 스바루 신인상을 수상하면서 데뷔한 중견작가.

[2] 산비탈에 콩밭뿐인 일본 제일의 깡촌 우시아나 마을 청년회와 전 직원 셋뿐인 광고회사의 「전국 제일의 시골마을 부흥 캠페인」을 담은 절묘한 유머와 재치가 넘치는 오기와라 히로시의 처녀작.

117

한밤중의

도
라
에
몽

그날 밤, 영화관은 어른들로 가득했다.

심야영화인 것이다. 아이들은 잘 시간이다. 그래서 어른
들만 있는 것이 당연하지만, 묘한 광경으로 보였던 이유는
상영되는 영화가 애니메이션이었기 때문이다.

3D로 〈도라에몽〉 영화를 볼 수 있다고 해서 친구들과
왔던 것인데, 이렇게 붐빌 줄 몰랐다.

주위를 돌아보자 이상하게 가슴이 뛰었다.

『도라에몽』 만화책을 열심히 읽었던 것은 초등학교 고

학년 때였다. 교실에 비치된 책장에는 학생들이 집에서 가져온 책을 꽂아둘 수 있었고, 쉬는 시간에는 누구나 자유롭게 읽을 수 있었다.

소설도, 수수께끼 책도, 괴담 책도 있었다. 그 가운데 가장 많은 자리를 차지했던 것이 바로 『도라에몽』 만화책이었다. 한 남자아이가 신간이 나올 때마다 꼬박꼬박 열심히 채워넣었던 것이다. 생각해보면 정말 대단한 배포를 가진 아이가 아닌가.

주인공 도라에몽*에게 늘 의지하기만 하는 소년 노비타. 그는 4학년 초등학생으로 학교에서는 성적이 꼴찌라 하루의 대부분을 복도에서 벌을 서며 보내고, 집에서는 숙제도 방청소도 안 하고 아침에는 늦잠까지 자서 늘 엄마에게 잔소리를 듣는다. 그런 존재니 당연히 친구들에게 놀림당하기 일쑤. 그럼에도 주위 사람들에게 칭찬과 사랑을 받고 싶은 노비타는 자신의 태도를 바꿀 생각은 않고 변화가 필요하면 그때마다 도라에몽을 불러 손쉽게 해결한다. 그렇게 나타난 도라에몽은 노비타의 지각을 면하게도 해주고, 망가뜨린 것을 원래대로 돌려놔주기도 한다.

우리집에도 도라에몽이 와서 여러 가지 귀찮은 일을 해결해주면 좋을 텐데…….

그 당시 우리 반 아이들 모두가 노비타를 부러워했다고

* 노비타를 구출하기 위해 특별한 임무를 띠고 21세기에서 온 시간 이동 로봇.

119

생각한다.

그리고 부럽다는 그 생각을 그대로 갖고 어른이 되어, 이렇게 심야의 영화관에 집결한 것이다.

영화 속에서 노비타는 미래로 타임 워프^time warp✽해서 어른이 된 자신을 만난다. 그리고 그에게 도라에몽도 함께 과거에서 와 있다는 사실을 알린다. 하지만 어른 노비타는 잠시 생각한 후, 도라에몽은 자기의 어린 시절 친구라면서 만나지 않고 그대로 떠나버린다.

그 장면에서 가슴이 뭉클했다.

그래! 내게도 도라에몽은 어린 시절의 소중한 친구였다.

그리움과 안타까움에 눈시울이 뜨거워졌다.

3D안경을 벗고 영화관을 나왔다.

"저기, 우리 시원한 맥주 한잔 하고 갈까."

"좋지."

늦게까지 영업하는 호텔 카페로 간다. 조용하고 차분한 분위기다.

주문한 차가운 맥주가 나왔다.

"아, 맞다!"

천천히, 아까 영화 볼 때 썼던 3D안경을 다시 꺼내서 우아하게 써본다.

"후후후, 봐봐, 선글라스야."

나는 다리를 꼬며 미소 지었다.

"오! 멋있는데~"

"그래? 그럼 계속 쓰는 걸로."

그날 우리는 도라에몽이 없는 세계에서 노는, 커다란 아이들이었다.

취향에
대하여

우아하고　품위　있게　밥　사기

밥을 사는 일은 무척 어렵다.

"가끔은 제게 한턱 쏠 기회를 주세요."

그렇게 송년회를 겸해, 일 관계로 도움을 받았던 젊은 사람들을 초대한 것까지는 좋았다. 그런데 어떻게 해야 할까. 모처럼 마련한 자리니 새로운 곳이 좋을 듯해서 신장개업한 호텔에 있는 어느 횟집에 전화를 했다. 횟집 예약은 처음이어서, 무사히 예약을 마쳤을 때는 감개무량했다.

그리고 열흘 정도가 지난 식사 모임 당일.

모임 주최자이기도 해서 예약이 잘되어 있는지 다시 확인하려고 출발 전에 전화를 걸었다.

"저기, 오늘밤 예약한 마스다입니다만."

"7시 30분에 네 분이시고, 회 코스 요리를 예약하신 마스다 씨이시죠?"

훌륭한 응답 덕분에 더이상 할말이 없어졌다.

"그럼 오늘 잘 부탁드립니다."

당황해서 허둥지둥 전화를 끊었다.

이러저런 사정으로 결국, 밤에 여자 네 명이 횟집 개별실에 모였다.

맞다. 처음에 예약전화를 했을 때 메뉴 설명이 있었고, 그 가운데 '핫슨'이라는 낯선 것이 있었지.

대체 뭘까?

기대감으로 가슴이 두근거렸다.

마침내 핫슨이 나왔다. 핫슨이라는 이름은 팔촌八寸이라는 한자어였고, 여덟 개의 작은 그릇에 다양한 요리가 조금씩 담겨 있는 전채 같은 것이었다.

코스의 마지막은 물론 회. 회까지 모두 먹고, "정말 맛있었어요." "배가 너무 부른데요." 등의 이야기를 나누면서 식후의 여유를 즐기고 있을 때였다.

"곧 마칠 시간입니다만." 하는 종업원.

"그럼 계산……"

이렇게 내가 말하려는 순간, 벌써 젊은 친구 한 명이 지갑을 들고 계산대로 달려가고 있었다. 앗! 놀란 나는 황급히 뒤쫓아가서, "이곳은 제가." "아니요, 우리가." 하며 한참 동안 실랑이. 결국 간신히 내가 계산할 수는 있었지만, 자칫하면 '멋대로 비싼 횟집을 예약하고는 얻어먹는 뻔뻔한 인간'이 될 뻔했다.

우아하고 품위 있게 밥 사는 일은 무척 어렵다.

로
터
리
?
?
?

막차까지 한 시간 정도 남은 시간.

간단한 술자리가 끝나고, 역을 향해 걷고 있을 때 한 친구가 말했다.

"아직 시간이 있으니까 차라도 한잔하고 갈까?"

"그래, 가자."

여자 셋, 못다 한 얘기를 나누기 위해 함께 카페로 향한다. 그러나 눈에 보이는 카페는 모두 영업이 끝났다. 이제 어떻게 할까.

"조금 걸어야 하지만, 그곳은 어때? 왜 있잖아, 라이온 킹 비슷한 이름이었는데."

"뭔가 반짝반짝하는 느낌의 이름 아니었어?"

두 친구는 아무래도 같은 곳을 말하고 있는 듯한데, 영 이름이 떠오르지 않는다. 내가 고개를 갸웃하자, "미리하고도 간 적 있는 곳이야."라고 한다.

라이온 킹? 반짝반짝하는 이름?

요즘 들어 명사가 생각나지 않는다는 화제로 떠들어대며 걷다보니, 마침내 나도 그곳이 생각났다. 분명히 '로' 자가 들어간 것 같았는데……

"알았다! 로터리 아니었어?"

땡! 정답은 '로터스'였다. 라이온 킹이니 반짝반짝하는 이름은 대체 뭐였던가.

심야임에도 가게 안은 손님들로 붐볐다. 안내 받은 자리에 앉아 실내를 둘러보니, 핑크색 벽이 귀여웠고, 뮤지컬 무대처럼 반짝반짝하는 느낌이 아주 없다고도 할 수 없다 (그런 걸로 해두자).

"전부 젊은 애들이네."

예전에 이곳에 자주 왔을 때는 하지 않았던 대사가 자연스럽게 흘러나왔다.

최근에는 건강을 위해 차가운 음료는 잘 마시지 않게 된 우리. 하지만 오늘은 다르다.

"시원한 것 좀 마실까."

세 명 모두 그런 기분이었다.

텔레비전에서 어느 인기 연예인이 이곳의 '애플민트소다'가 맛있다고 했던 게 불현 듯 생각나 모두 애플민트소다를 주문했다. 생 애플민트가 듬뿍 들어 있어서 맛이 산뜻했다.

실컷 떠들고 즐거운 마음으로 귀가하는 한겨울의 밤길은 추웠지만 따뜻했다.

있잖아, 우리 다음에……

요즘 들어 먹는 이야기만 하고 있다.

친구들과 밥을 먹으러 가면, 음식을 먹으면서 늘 지금 먹고 있지 않은 또다른 음식 이야기로 자연스럽게 흘러간다.

요 며칠 전에도 그랬다. 맛있는 팬케이크 가게에서 간식을 먹고 있을 때.

"나 이런 책 샀어."

제철 과일을 이용한 요리책을 샀던 터라, 친구들에게 보여주었다.

"뭐야, 이거. 엄청 맛있겠다!"

세 친구가 일제히 몸을 앞으로 내밀며 달려든다. 진지하게 머리를 맞대고 요리책을 들여다본다.

"잠깐, 이 복숭아 춘권※1 봐봐."

"감 시라아에※2. 이런 것도 있어."

"맛있겠다. 있잖아, 우리 다음에는 누구네 집에서 과일 요리를 먹는 모임 하자!"

"좋은 생각이야." "괜찮네." 하며 이야기가 활기를 띤다.

"있잖아, 우리 다음에는……"이라는 말이 내 입에서, 또는 친구 입에서 나올 때마다 즐거운 기분이 든다. 그리고 동시에 어딘가 조금 쓸쓸한 기분도. 그 쓸쓸함은 조금씩 줄어가는 자신의 미래를 느끼기 때문이다.

"일 년이 눈 깜짝할 새 사라졌어."

연말이면 어른들이 그 말을 하는 것이 어린 나에게는 무척이나 이상했다. 어린 나는 일 년이 엄청나게 길었기 때문이다. 하지만 지금에서야 비로소 그 수수께끼가 풀렸다. 그리고 나도 "세월이 너무 빨라."라는 말로 서로의 쓸쓸한 기분을 조용히 공유하게 되었다.

팬케이크를 다 먹고 가게를 나왔다.

※1 잘게 썬 복숭아를 얇게 구운 밀전병으로 싸서 기름에 튀긴 것.

※2 흰 참깨와 두부를 으깨어서 감과 버무린 음식.

"비가 거세질 것 같아, 빨리 가자."

누군가의 말에 모두 서둘러 역으로 향하던 중 한 친구가 말한다.

"이 근처에 맛있는 포르투갈 요리 레스토랑이 있는데."

"보고 가자."

누가 먼저랄 것도 없이 빗속을 뚫고 굳이 그 식당을 찾아가 명함을 받아온다.

"있잖아, 우리 다음에는 예약하고 오자."

이렇게 날마다 계속해서 쌓여가는 '있잖아, 우리 다음에…….' 쌓인 것을 다 쓰지 못한 채 우리의 인생은 끝나겠지만, 그래도 쌓을 수 있을 만큼 쌓아두고 싶다.

샐러드 바와 어른 여자

먹어본 적 없는 걸 먹자!

그렇게 해서 브라질 식당으로 가게 되었다. 요즘 한창 뜨고 있는 핫플레이스답게 예약 가능한 시간은 여섯시뿐이었고, 어른 두 사람이 꽤 이른 시간에 저녁식사를 하게 되었다.

안내를 받아 자리에 앉자, 먼저 이 식당의 시스템 설명이 시작된다.

중앙에 있는 커다란 샐러드 바는 자유롭게 이용하면 된

다고 한다. 그리고 종업원들이 다양한 고기 요리를 들고 테이블을 돌아다니는데, 먹고 싶은 것이 있으면 원하는 만큼 달라고 하면 된단다.

그렇군. 말하자면 뷔페식이라는 거네. 우와, 재밌겠다!

설명이 끝남과 동시에 먼저 샐러드 바 코너로 일제히 돌진한다. 생야채뿐만 아니라, 바나나튀김 같은 것도 있다.

"어떡해. 너무 즐거워~"

나도 모르게 나온 혼잣말.

그러자 옆에서 샐러드를 담고 있던 낯선 여성이 내 말에 맞장구를 친다.

"맞아요. 정말 즐거워요~"

그 옆에 있던 그녀의 친구도 거든다.

"다채로운 샐러드 바, 정말 좋아!"

이것저것 수북이 접시에 담아 자리로 돌아오자,

"아는 분 만나셨어요?" 하고 묻는 남성 편집자.

오늘 저녁은 업무 논의를 겸한 회식인 것이다.

"아니요, 어른이 된 여자는 모르는 사람과도 편하게 이야기를 나눌 수 있어요."

계속해서 돌아오는 고기 요리를 먹으면서, 새로운 일에 대해 이야기를 나눈다.

"그러면 마스다 씨. 이 두 가지 원고 중에 어떤 쪽을 해보고 싶으세요?"

"내가 선택할 수 있어요?"

"네."

"음, 저는 두 가지 다 하고 싶어요. 아, 잠깐 샐러드 바에 갔다 올게요. 어? 안 가세요? 한 번은 너무 아깝잖아요~"

그날 밤, 체중을 달아보니 1킬로그램 증가. 당연히 그렇겠지.

분위기를 먹는다

식빵을 먹었다.

긴자에서 직접 식빵을 구워먹었던 것이다.

"회심의 갓 구운 식빵을 내놓는다는 화제의 레스토랑. 혹시 가보셨나요?"

편집자의 문자가 왔고, 곧바로 그곳을 업무 약속 장소로 정했다.

빵을 좋아하는 나. 런치 타임에 부리나케 신이 나서 달려갔다.

레스토랑 안에는 토스터가 즐비하게 놓여 있었다. 구워지면 식빵이 튀어나오는 타입의 토스터다. 다양한 브랜드의 제품들이 선반에 진열되어 있었고, 좋아하는 디자인을 골라 자신의 테이블에서 직접 구워먹는 유쾌한 시스템이다.

우리가 선택한 것은 식빵이 구워지는 모습이 유리 너머로 보이는 투명한 토스터. 일본에 몇 대밖에 없다는 귀중한 그 토스터는 투명한 유리 속으로 은색 부품이 반짝반짝 빛났다. 그 외에도 빨강이나 노란색의 컬러풀한 토스터도 있어서, 레스토랑 안을 둘러보니 각 테이블 위가 화려하다.

이내 식빵이 세 쪽 나왔다. 각각 맛이 달라서 비교하며 먹을 수 있는 세트다. 잼과 꿀도 같이 나오기 때문에 식빵만 우적우적 먹는 게 아니다. 버터만 해도 무려 세 종류.

"비싼 것부터 없어지는 게 부끄럽네요."

"그러네요."

평상시에는 선뜻 손을 내밀지 못하는 프랑스제 고급 버터. 둘 다, 엄청 자연스럽게 그 버터부터 사용하고 있다.

어렸을 적에는 버터에 여러 가지 종류가 있다는 것조차 몰랐고, 몰라도 충분했다. 그러나 어른이 되니, 알고 있는 지식을 엉뚱하게 활용하고 있었다.

식빵은 무척 맛있었다. 하지만 정말로 맛있었던 것은 핫 플레이스로 떠오른 레스토랑에서 식빵을 먹고 있다는 그 분위기가 아니었을까.

치명적인 손님 접대

'접대'를 잘하지 못한다.

손님들을 집으로 초대해서 식사라도 할 때면 나의 서투른 접대 실력이 여지없이 드러난다.

도통 손님들이 편안해하지 않는다.

정말 치명적인 손님 접대다.

왜 그런 상황이 되는 걸까?

이유는 잘 알고 있다. 지나친 배려 때문이다.

"아, 술잔 아직 안 비었어? 와인으로 할래? 소주도 있어."

"고기, 안 부족해?"

"빵, 좀더 잘라올까?"

"거기, 샐러드 접시 너무 멀지 않아? 여기 피클도 있어!"

이것저것 지나치게 배려해서 끊임없이 챙기는 탓에 모임이 굉장히 부산스러운 분위기가 되어버린다.

물론 그것은 모임이 끝난 후 안정을 찾았을 때야 알게되는 것이며, 모임중에는 사람들을 챙기느라 여념이 없다.

게다가 원래 술이 세지 않아서 술 마시는 사람들의 '속도'를 도통 모른다. 무턱대고 마구 권하는 탓에 모두들 마시는 속도가 빨라진다.

그리고 나 자신이 평소에 많이 먹기 때문에, 사람들이 충분히 배부르게 먹었는지 어떤지도 걱정. 끊임없이 이것저것 접시에 덜어주는 나.

"미리 씨, 저 그렇게 많이 먹은 건 태어나서 처음입니다."

그런 사후 보고가 있었던 적도 있다.

원하는 대로 마시고, 원하는 대로 먹으면 된다.

머리로는 잘 알고 있지만, 늘 과도한 '손님 접대'를 해버리는 나 자신을 도저히 말릴 수가 없다.

모임을 주최하는 호스트가 편치 못하면 당연히 손님도 편하게 있을 수 없다.

누군가의 초대를 받았을 때, 자신이 편안했던 상황을 떠

올려보면 그런 생각이 든다. 그곳의 분위기는 호스트로부터 천천히 전염된다는 사실을 깨닫는 것이다.

갈 길이 멀다. 훌륭한 호스트로 가는 여정은 무척이나 험난하다.

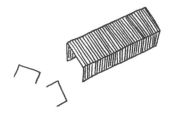

만보기

vs

달콤한 디저트

달콤한 디저트를 좋아한다. 매일 반드시 달콤한 것을 먹는다.

하지만 그러다보니 체중이 늘어날 수밖에 없다.

그런 내 앞에 어느 날 날씬해진 지인이 나타났다.

"매일 만 보씩 걷고 있어요."

만보기를 차고 생활하면서, 숫자가 만 보에 이르지 않았을 때는 멀리 돌아서 집으로 간다고 한다. 이를 일과로 삼았더니 살이 쏙 빠졌다고.

재빨리 값싼 만보기를 사서 시험해본다. 그리고 그날 저녁, 만보기를 보고 깜짝 놀랐다. 780보. 집이 직장이다 보니 거의 걷지 않았던 것이다.

"그래서 요즘 열심히 걷고 있어요."

나는 회식 자리에서 이 이야기를 꺼냈다. 책이 출판된 후에는 대부분의 편집자가 '출간 기념 뒤풀이' 축하 자리를 열어주었고, 그날 밤 우리는 맛있는 이탈리아 요리를 먹고 있었다.

그런데 이번에 출판된 책은 고령의 부모님과 함께 사는 중년의 딸의 일상을 엮은 만화였는데, 등장인물들이 달콤한 간식을 자주 먹는다. 모란병※, 찹쌀떡, 쑥경단. 작가(나)가 단것을 좋아하는 탓에 그들도 단것을 즐긴다. 그런데도 전혀 살이 찌지 않는 것이 부럽다. 그와는 반대로 작가인 나는 만보기 숫자에 고뇌하고 있다니⋯⋯.

그런 이야기를 하며 회식 자리에서 한탄하고 있는데, 마지막 디저트가 나왔다.

'맛있겠다! 이 아이스크림은 무슨 맛일까?'

정말 진지하게 디저트를 들여다보고 있는데, 왠지 분위기가 싸한 게 묘했다. 문득 정신을 차리고 고개를 들어보니, 동석한 세 사람의 편집자가 황당한 표정을 짓고 있었

※ 멥쌀과 찹쌀을 섞어 찐 후 동그랗게 빚어 팥소 등을 묻힌 떡.

147

다. 의아해서 다시 디저트를 자세히 보니, 새하얀 접시 가장자리에 "미리 씨, 고마워요."라는 글씨가 초콜릿으로 쓰여 있었다. 일부러 특별히 주방에 부탁해두었던 것이다.

"아뿔싸! 미안, 디저트만 눈에 들어와서!"

이렇게 커다란 글씨를 못 보다니, 대체 어떻게 된 사람이야, 나란 인간. 얼굴이 새빨개져 사과한다.

"단것, 정말로 좋아하시는군요."

폭소를 터뜨리는 일행. 나도 한동안 웃음을 멈출 수 없어, 허리에 차고 있던 만보기가 심하게 흔들렸다. 하하하. 아무튼 성공.

궁극의 디저트란

궁극에 대해 생각한다.

내게 있어 '궁극의 디저트'란 어떤 것일까?

어디어디의 ○○ 만주.

어디어디의 ○○ 파르페.

어디어디의 ○○ 케이크.

그런 상품명이 아니다. '내 취향의 달콤한 디저트'가 하나의 접시에 오롯이 담겨 있는 것이다.

먼저, 생크림. 팥소는 으깬 팥보다는 단연 통팥.

그리고 초콜릿. 초콜릿을 초콜릿소스를 사용한 것보다는 고형 초콜릿을 좋아한다.

고사리떡[*1] 이라는 것도 좋아한다. 칡도 좋다. 하지만 푸딩이나 바바루아[*2], 무스, 젤리 같은 종류는 그다지 끌리지 않는다. 치즈케이크는 구운 것이든 생크림이든, 젊었을 때 너무 많이 먹은 탓인지 조금 질렸다.

아이스크림을 디저트에 곁들이는 것은 좋아하지 않는다. 특히 뜨거운 디저트와의 조합. 크레이프나 와플 등에 아이스크림을 얹어 녹여가며 먹는 것은 별로 선호하지 않는다.

길거리에서 파는 크레이프는 반죽을 너무 바삭바삭하게 구운 것이 거슬린다. 촉촉하고 부드러운 것이 본래의 크레이프 아닐까. 촉촉한 타입의 크레이프, 그리고 팬케이크도 맛있다고 생각한다. 바움쿠헨[*3] 도.

버터를 듬뿍 넣은 쿠키도 좋아한다. 두툼하고 보슬보슬한 갈레트[galette][*4] 는 특히 좋다.

마들렌[madeleine][*5] 보다는 피낭시에[financier][*6]. 캐러멜보다는 누가. 타르트[tarte][*7] 보다는 스콘. 검은 콩보다는 대두. 러스크^{rusk}*[8] 보다는 데니시 페이스트리*[9]. 슈크림보다는 도 넛. '선택한다면'의 이야기일 뿐, 기본적으로는 전부 먹으 니 오해는 없기를.

과일은 어떨까.

신맛보다는 단맛이 중요하다. 복숭아, 감, 바나나, 멜론, 배, 망고, 머스캣^{muscat}*[10] 등이 좋다. 그러나 레몬이 든 과 자는 그다지 끌리지 않는다.

너트는 단 음식은 아니지만, 단맛이 전혀 없는 것은 아니 다. 마카다미아 너트, 헤이즐넛, 코코넛, 호두 등은 호텔 조 식 뷔페에 있으면 요구르트에 대량으로 투입한다. 디저트 의 중요한 포인트이기 때문에 절대 빼놓고 싶지 않다.

절대 잊어서는 안 되는 것이 '밤'이다.

밤은 되도록 소박하게 먹는 것이 좋다. 밤과 설탕만으로 만든 '구리킨톤*[11]'을 제일 좋아한다. 밤조림이나 마롱글라 세^{Marron Glacé}*[12] 는 있으면 먹지만, 없어도 그만이다(누가 물 어봤어?).

그러면 이걸로 어떤 궁극의 디저트가 완성될까? 양만 많 으면 되는 것이 아니기 때문에 적당한 크기로 담아냈으면 한다.

전혀 상상이 되지 않는다. 과연 음식이 될 수는 있을

까…….

"당신이 먹고 싶은 디저트를 유명한 파티시에가 만들어 주는 선물!"

그런 캠페인이 있으면 스티커를 모아 꼭 응모하고 싶다.

❀1 고사리 녹말을 반죽해서 만든 떡.

❀2 설탕, 달걀노른자, 젤라틴을 뜨거운 우유에 넣고 식힌 후, 거품을 낸 달걀흰자와 생크림을 넣어 굳힌 것.

❀3 밀가루, 달걀 등을 혼합한 후 긴 막대에 반복해서 얇게 묻혀 돌려가며 구워 낸 나이테 모양의 스펀지케이크.

❀4 짭짤한 맛이 나는 프랑스식 파이 과자.

❀5 소설 『잃어버린 시간을 찾아서』로 유명해진 작은 스펀지케이크.

❀6 겉은 약간 폴깃하지만 속은 매우 부드러운 아몬드 버터 맛 케이크.

❀7 얇은 원형 틀에 파이 반죽을 깔고 과일 등을 채워서 구운 과자.

❀8 달걀흰자를 입힌 얇은 빵이나 카스텔라 조각을 기름에 튀긴 과자.

❀9 건포도, 과일, 치즈 등을 얹어 파이처럼 구운 덴마크식 빵.

❀10 유럽 원산의 알이 굵고 담녹색의 단 향기를 지닌 포도.

❀11 밤소에 삶은 밤과 설탕을 넣어 버무린 것.

❀12 밤을 시럽에 재웠다가 설탕을 입힌 과자.

중년의 송년회

되돌아보면 역시 느긋한 모임이었다. 송년회 이야기다.

매년 한 해의 끝에서 친한 친구들과 모이는데, 작년 말에는 여섯시에 시작해서 일곱시에 끝났다. 시곗바늘이 한 바퀴를 돈, 열세 시간이다.

매번 남녀 일고여덟 명이었는데, 이번에는 오랜만에 전원이 모여 아홉 명이다.

먼저, 저녁때니까 끓이면서 먹는 나베요리를 먹었다. 추운 날씨라 그런지 따뜻한 국물의 나베요리가 속을 든든히 채워주었다. 장소는 역 바로 근처의 싸구려 술집. 두 시간 동안 주류가 무제한으로 제공되는 코스여서, 여덟시 삼십 분에 1차가 끝났다.

그다음은 잠시 쉬어가는 커피 타임. 호텔 카페는 비싸지만, 시부야라는 장소의 특성상 자리가 있는 곳은 그런 곳 정도. 그래서 조금 호사롭게 고급 커피를 마시며 한동안 정담을 나눈다.

드디어 연례행사인 선물 교환식이다. 예산은 한 사람당 1,000엔. 사다리타기로 선물을 고른다. 나는 몇 년 전에 표고버섯 재배 세트를 내놓았다.

"그건 필요 없는데~"

그 선물을 고른 친구는 웃음을 터뜨렸지만, 이후 그 친구의 "표고버섯이 백 개 정도 자랐어!"라는 보고를 받고 나를 포함해 모두들 부러워했었다.

이번에는 재배 세트가 아닌 도미 모양의 작은 접시를 주고, 손 씻은 후 물기를 닦을 때 쓰는 예쁜 핸드 타월 두 장을 받았다.

호텔 카페를 나온 시간은 열두시 조금 전. 내일 귀향하는 친구 한 명이 자리를 떴다.

"새해 복 많이 받아!"

그다음은 어디로 갈까. 천천히 돌아보고 결정하자.

"여기 꼬치구이 집은 어때?"

들어가보니 만석. 그럼 다른 곳으로 가보자.

한겨울의 하늘 아래, 중년들이 정처 없이 헤매고 있다. 전화로 자리를 확인해볼 수도 있지만, 왠지 계획적으로 하고 싶지 않다. "자리가 없습니다~" 하는 대답을 어쩐지 즐기고 있는 느낌이다. 함께 수다를 떨면서 헤매고 싶은 것이다.

그렇게 한참을 걷다가 적당한 술집으로 들어갔고, 그곳을 나온 시간이 새벽 두시.

"자, 이제 가라오케로 갈 시간이야."

무려 다섯 시간 동안 노래를 부르고 밖으로 나오자, 당연하지만 새해 아침이 와 있었다. 역에 도착해서도 여전히 수다가 아쉬워, "추워, 추워" 하면서 못다 한 이야기를 나눈다.

결국 우리는 끝내기 박수*를 치고 간신히 해산했다.

* 세 번씩 세 번 반복해서 친 후, 마지막에는 한 번만 치는 박수 방법.

156

도리노이치 축제와 무덤

오랜 지인 몇 명과 아사쿠사의 도리노이치 축제에 갔다. 도리노이치 축제는 매년 11월 새의 날인 유일酉日에 새와 관련된 유래가 있는 절 또는 신사에서 이루어지는 사업 번창 기원 행사인데, 도쿄에서는 아사쿠사에서 가장 크게 열리므로 '사업 번창 갈퀴'를 사러 간 것이다.

예전에는 매년 모두 함께 갔었는데, 최근 몇 년간은 제각각 가고 있었다. 그러니까 꽤 오랜만에 함께한 셈이었다.

해 질 무렵. 아사쿠사역에서 내려 관광객으로 붐비는 센소지 경내로 들어서는 첫번째 입구, 가미나리몬[1] 앞에서 만났다.

기념품 가게가 즐비한 상점가를 빠져나와, 센소지를 돌아 행사가 열리는 오토리 신사로 향한다.

도리노이치 축제가 열리는 '오토리 신사'를 '오토리사마[2]'라고 부르는 지, 길을 걷는 동안 "오토리사마는 이쪽으로 오세요."라는 안내판을 여러 번 보았다. 그렇게 여러 번 보면서도 나는 "오히토리사마[3] 이쪽으로 오세요."라고 읽고는, '혼자 온 사람(오히토리사마)'을 위한 무언가 특별한 길이 있나 하고 순간 착각했다.

드디어 도리노이치 축제 행사장에서 작은 갈퀴를 샀다. 갈퀴에는 금화와 쌀가마니 등 길하다는 물건들이 붙어 있었다. 마음속으로 올해도 일이 잘되길 기원했다. 그리고 도중에 센소지에서 뽑은 제비뽑기는 '흉'이 나왔지만, 신경쓰지 않기로 했다. '길' 아니면 '흉'인데, 굳이 기분 나쁜 것에 연연할 필요는 없다.

"있잖아, 우리 오코노미야키 먹으러 가지 않을래?"

"아, 좋지~"

우린 그대로 오코노미야키 가게로 간다. 수다를 떨면서 배부르게 먹은 후, 차라도 한잔할까 하고 함께 아사쿠사의 밤거리를 걷는다. 관광객으로 붐비던 길도 어느새 조용하고 차분해졌다.

"이곳에 시폰케이크 끝내주게 맛있는 곳 있는데, 아직
더 먹을 수 있겠어?"

"그럼. 시폰케이크는 공기 같은 건데 뭐."

하지만 안타깝게도 시폰케이크 가게는 문을 닫았고(혹
시나 해서 하는 말이지만, 시폰케이크는 절대 공기가 아니다).

다른 카페에서 커피 젤리를 먹으면서 또다시 수다 축제.
온천 이야기, 건강 이야기, 맛있는 음식 이야기. 모두 하고
싶은 말이 가득해서 도무지 이야기가 끊이지 않는다.

심지어 무덤 이야기도 나왔다.

"내 무덤은 어떻게 될까?"

내가 불쑥 중얼거리자, 친구가 대답한다.

"우리집 묫자리 비었어."

"친구가 들어가도 돼?"

"그럼 되고말고."

그러자 다른 한 친구도 맞장구친다.

"아, 우리집에 와도 돼. 뭐라 할 사람도 없고."

엣? 무덤이라는 게 이런 느낌? 장난처럼 한 말이지만, 조
금 유쾌해졌다.

자주 얼굴을 마주하지 않아도 시간의 공백은 이내 사라
진다.

아사쿠사역에서 "또 봐!", "건강해!" 하며 포옹을 하고 헤어졌다.

❋1
「벼락의 문」이란 뜻의 가미나리몬은
센소지로 들어오는 귀신과 액운을 막는
아사쿠사의 아이콘이다.

❋2
오토리사마(おとりさま)는
「오토리 신사(大鳥神社)」 또는
「도리노이치(酉の市)」에 존경과
공손함을 나타내는 일본어 오(お、御)와
사마(さま、様)를 붙인 말.

❋3
「한 사람」이란 뜻의 「히토리(ひとり)」에
공손함을 나타내는 사마(さま)를 붙여
「오히토리사마(おひとりさま)」,
즉 「한 분」이라고 표현한 말.

미래를 만드는 일상

올해의 벚꽃 일기는 이렇게 쓴다

매년 벚꽃 계절에는 마음이 달싹달싹한다. 가능한 많은 벚꽃을 보고 싶어서다.

벚꽃을 보고 '예쁘다, 올해도 볼 수 있어서 다행이야.' 하는 생각을 하고 싶은 것이다.

올해도 벚꽃을 보러 여러 곳에 다녀왔다.

그중에서 업무 미팅 후 혼자 야나카공원묘지에도 갔었다. 우에노공원 북서쪽 야나카에 있는 야나카공원묘지는 무려 7,000개가 넘는 묘지가 있는 널찍한 도립 묘지로, 유명한 벚꽃 명소이기도 하다.

공원 내에 멋진 벚꽃 가로수길이 있는데, 양쪽에서 아치 모양을 만들어 분홍색 꽃이 부드럽게 하늘을 덮고 있다. 평일 저녁이어서 그런지 사람이 많지 않아 조용한 꽃놀이를 즐길 수 있었다.

내가 보고 있는 벚꽃과, 몇 미터 앞의 직장인 남성들이 올려다보고 있는 벚꽃.

같은 벚꽃을 보고 있지만, 같은 벚꽃이 아니라는 생각이 든다.

유치원 통학로에서 엄마와 함께 보았던 벚꽃. 조금 성장해서 좋아하는 남자애와 걷던 벚꽃 산책로. 회사원이었던 시절 점심시간에 동료들과 도시락을 먹으며 보았던 공원의 벚꽃⋯⋯.

여러 가지 추억들이 섞여, 자신만의 벚꽃 풍경이 보인다.

이 사람들은 어떤 벚꽃을 느끼고 있을까?

스쳐지나가는 사람들의 마음속을 상상하면서 천천히 걷는다.

그리고 이렇게 느긋함을 즐기면서도 마음은 점점 음식을 향해⋯⋯.

이 근처에 맛있는 달걀샌드위치를 먹을 수 있는 찻집이 있었는데⋯⋯. 삶은 달걀을 으깨 넣은 샌드위치가 아니라,

막 만든 따끈따끈한 달걀프라이 샌드위치.

지금 막 생각난 척하지만, 사실 오기 전부터 그곳에 가려고 생각하고 있었던 것이다.

벚꽃도 보았으니, 이젠 슬슬 그곳으로 가볼까.

딱 한 자리가 비어 있었다. 커피와 달걀샌드위치를 주문하고 난 순간, 갑자기 심장이 덜컹했다.

큰일났다. 지갑에 동전밖에 없을 텐데!

옛날식 찻집. 카드를 사용할 수 없을지도 모른다.

몰래 테이블 밑에서 살짝 지갑 안을 들여다보니 1,000엔이 있다. 휴우~ 다행이다. 어쨌든 이거면 되겠지. 그렇다고는 해도 어른이 돼서 지갑에 동전만 달랑 넣고 전철을 타다니……

이 추억 역시 내 인생의 벚꽃 일기에 추가되었다고 생각한다.

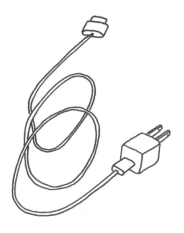

이런 가게는 무서워

업무상 미팅을 겸한 저녁식사. 레스토랑을 나온 것이 열시 전이었다. 아직 이른 시간이니 가볍게 운동이라도 하고 돌아가기로 했다.

무얼 하지?

거래처 중년 남성과 함께 머리를 갸웃하는 중년 여성인 나.

"다트dart는 어떨까요?"

"아, 좋아요! 규칙은 모르지만."

점수가 매겨진 원반 모양 과녁에 자그마한 화살을 던지는 다트를 과연 운동이라고 해도 좋을지는 모르겠지만. 일단 핸드폰으로 가게를 검색. 근처에 한 곳이 발견되어 가보기로 한다.

가게는 주택과 상점이 함께 들어 있는 주상복합건물 6층에 있었다. 엘리베이터를 타고 올라가기는 했지만, 가게가 어떤 분위기인지 알 수 없다.

"제가 엘리베이터 버튼을 누르고 있을 테니까 분위기를 좀 봐주세요."

"오케이!"

정찰을 나간 그가 이쪽을 돌아보며 작은 목소리로 상황을 보고한다.

"가게 안이 전혀 보이지 않아요."

"귀를 대고 소리를 들어보면 어때요?"

이건 뭐지? 탐정 드라마?

"마스다 씨, 젊은 사람들의 목소리가 들립니다. 엄청 많은 것 같은데요."

"철수! 철수!"

도망치듯 퇴각하는 우리.

젊은 사람이 많은 가게가 무서운 것이다. 그 무서움은 억지로 젊은 척한다고 보지는 않을까? 하는 부끄러움에서 오는 것이다.

그러고 보니, 스티커 사진 매장도 요즘에는 무척 문지방이 높아졌다.

요전에도 친구들과 식사 후에,

"스티커 사진 찍자!"

신나서 게임센터로 간 것까지는 좋았는데, 기계 조작에 갈팡댄다. 우여곡절 끝에 간신히 촬영에 성공했지만, 이번에는 사진이 어디에서 나오는지 도대체 알 수가 없었다. 여기인가? 하고 생각되는 곳에서 기다리고 있는데, 어이없게도 반대쪽 기계에서 드르륵드르륵 사진이 나왔다.

"안 돼. 누가 보겠어!"

모두들 허둥지둥.

아직 더 놀고 싶은데. 어느새 놀이의 원 밖으로 밀려나 버렸다. 하지만 포기하지 못하고 아직도 젊은 사람들 주위에서 눈치를 보며 어슬렁거리고 있다.

여자의 화장, 비포 앤 애프터

가끔은 옷도 좀 사야지 하며 백화점에 들어간다.

올라가는 에스컬레이터의 손잡이를 잡고, 문득 옆 거울에 비치는 자신의 얼굴을 바라보았다.

음, 뭔가 진부해.

어디가 어떻다고 꼭 집어 말할 수는 없지만, 촌스럽다. 다른 여성 손님들과 비교해보니, 화장이 요즘 스타일이 아니다.

볼터치 색깔 때문인가? 아니면 립스틱? 집에서 일을 하기 때문에 평상시에는 민낯. 화장품이 좀처럼 줄지 않다보니 유행 컬러고 뭐고 남아 있는 것을 계속 사용할 뿐이다. 이래서는 최신 메이크업이 될 리가 없다.

오늘은 옷이 아닌, 새로운 화장품을 사자.

내려가는 에스컬레이터로 다시 바꿔 타고 1층 화장품 매장으로. 요즘에 맞는 스타일을 찾기 위해서 젊은 손님이 모여 있는 매장으로 조용히 들어간다.

"저기, 립스틱을 사러 왔는데요. 좀 골라주실래요?"

밝게, 그리고 정중하게 말한다. 상대방이 친절하게 대해주기를 바라는 마음에서다.

이쪽으로 오세요, 하며 거울 앞자리로 안내한다. 요즘 스타일의 화장을 한 젊은 종업원이었다.

립스틱을 시작으로 모든 화장을 고쳐주었다. 그러자 들어오기 전에 비해 입술색은 연해졌고, 눈썹은 두터워졌으며, 볼터치는 밝은 핑크로 변했다. 그리고 두 가지 색의 아이섀도와 아이라이너로 눈가를 또렷하게.

"손님, 어떠세요?"

"아, 네. 좋네요."

좋아, 이거 전부 사버리자. '어른다운 쇼핑'이라는 말이 내 등을 힘차게 떠민다.

계산을 끝내고 화장품을 종이가방에 담기 시작한 종업

원에게 황급히 부탁한다.

"눈썹용, 아이섀도용, 아이라이너용 화장 펜이 뒤섞이지 않도록 각각 따로 담아주세요."

비슷해 보여도 용도가 다른 것이다.

그리고 마지막으로 종업원에게 묻는다.

"저기, 제 얼굴, 요즘 스타일 같나요?"

"네, 요즘 스타일입니다!"

그녀는 명쾌하게 대답해주었다.

어
딘
가

이
상
하
다

정기적으로 치과 검진을 받고 있다.

넉 달에 한 번, 치과의사의 진료를 받고 다음 예약을 잡
은 후 돌아오기를 이래저래 3년간 이어가고 있다.

"다음 예약은 언제로 해드릴까요?"

접수처 직원의 물음에 넉 달 뒤의 달력을 본다. 내년 2
월의 일정은 아무것도 없지만, 일단 밸런타인데이는 피해
둔다.

"그러면 이날로."

예약을 마치고, 치과를 나왔다.

마음이 밝았다. 치석도 깨끗하게 제거했다. 혀끝으로 치아를 문질러보니 매끈매끈하다.

이렇게 깨끗해졌으니 한동안 아무것도 먹지 말아야지.

그렇게 생각하면 다이어트가 되겠지만, 충치가 없었다는 안도감이 더해져 갑자기 단것이 무지막지하게 먹고 싶어진다.

오랜만에 핫케이크 먹으러 가자!

저녁 여섯시. 저녁식사 전에 먹는 푹신푹신한 핫케이크. 어른이라서 몇시에 간식을 먹어도 아무도 야단치지 않는다. 핫케이크가 구워지는 시간보다 먹어 치운 시간이 짧다. 만족, 만족, 대만족 하며 밖으로 나온다. 도중에 슈퍼마켓에서 새 칫솔을 사서 천천히 집을 향해 걷기 시작했다.

그런데 거리의 모습이 어딘가 이상하다.

무언가 다르다.

뭐지, 뭐지?

신호등이 파란색으로 바뀌었는데도 건너지 않는 사람도 있다. 대신 모두들 위를 보고 있다.

맞다! 오늘밤 월식이었지. 사람들이 밤하늘을 올려다보며 달이 지구 그림자에 가려졌는지를 확인하며 걷고 있었다. 현관 앞에 나와 사진을 찍는 사람도 있었다.

나는 갑자기 안타까워졌고, 그리고 너무도 슬펐다. 잃어 버린 영구치가 두 번 다시 생기지 않듯이, 같은 밤하늘도 두 번 다시 오지 않는 것이다. 치아도 인생도, 전부 소중히 여기지 않으면 안 된다.

이번 월식은 우리집 베란다에서 커피를 마시며 바라보는 것이 좋겠어.

그런 생각이 들자, 뒤도 돌아보지 않고 서둘러 집으로 돌아왔다.

얼른 따뜻한 커피를 들고 베란다에 나가봤다. 아뿔싸! 달은 이미 구름 속으로 들어가버렸다.

살
짝

출출할
때
는

아
몬
드
를

살 빼고 싶어, 하며 배를 어루만지면서도 이내 단것을 먹고 만다. 지금 계절에는 밤 디저트가 최고. 무척 좋아하는 음식이라서 거리를 걷다가도 '밤'이란 글자만 두드러져 보이고, 마치 진공청소기가 빨아들이는 듯 어느새 가게 앞으로 달려간다.

"구리킨톤 주세요."

설탕과 밤이 어우러진 구리킨톤을 보며 나도 모르게 지갑에 손을 뻗고 있다.

하지만.

최근에 다른 사람이 찍어준 내 사진을 보고, 생각 이상으로 살이 쪘다는 사실을 깨달았다. 배만 그런 줄 알았는데, 얼굴 윤곽에도 살이 탱탱하게 붙어 있다.

어떻게 된 거지.

난리도 아니군.

살 빼자.

목표 3킬로그램. 아니, 일단 2킬로그램. 달콤한 간식을 피하는 작전에 들어갔다.

배가 출출할 때는 견과류나 말린 과일을 집어먹으면 참을 만하다고 누군가가 말했던 것을 떠올리며, 재빨리 아몬드를 사서 갖고 다니기로 했다.

이미 알고는 있었지만, 아몬드는 정말 맛있다. 출출할 때 한두 알씩만 먹을 생각이었는데, 매번 대여섯 알을 아작아작.

"요즘 살 빼려고 출출할 때는 아몬드를 먹어."

오랜만에 만난 친구에게 그렇게 보고하자, 폭소를 터뜨린다.

"미리야. 그거 너무 커."

아몬드를 넣는 휴대용 플라스틱 용기를 보여주었더니, 아이들 도시락만하단다.

노
제
스
처
、
노
라
이
프

노벨상 만찬회 디너를 먹을 수 있는 기회를 놓친 적이
있다.

친구들과 셋이서 스웨덴 여행을 갔을 때, 노벨상 만찬회
와 같은 메뉴가 나오는 레스토랑이 있다고 해서 현지 일본
인 가이드에게 특별히 부탁해 예약해놓은 것이다.

그러나 예약한 후 풀코스를 먹을 정도의 식욕이 없다는
사실을 깨달았다. 여행도 끝 무렵. 모두 연일 이어지는 외
식에 지쳐 있었다. 배도 고프지 않은데 저녁식사에 무려 2

만 엔이나 들이는 건 아까웠다.

취소할까? 하지만 뭐라고 설명하지? 그래, 배가 아프다고 하면 되지 않을까? 흔히 말하는 꾀병이다.

일본인 가이드는 이미 돌아간 뒤였기 때문에, 레스토랑 예약 취소 전화는 호텔 프런트 담당 여성에게 부탁했다.

"아야, 아야, 배가 아파서 디너에 갈 수 없어요. 레스토랑에 취소 전화를 해주세요."

우리는 영어를 못했다. '아야, 아야'는 손짓 발짓. 프런트 담당자가 취소 전화를 해주었다. 다행히 우리 뜻이 전해진 모양이다. 하지만 그녀는 쓴웃음을 짓고 있었다.

손짓 발짓이라면 스페인에서는 이런 일도 있었다.

친구와 단둘만의 여행. 바르셀로나에 도착한 때는 밤이었다. 공항에는 현지 일본인 가이드가 마중을 나와 주었고, 호텔 체크인까지 도와주기로 되어 있었다.

그런데 호텔에 도착하니, 황당하게도 우리 방이 없었다. 가이드 말로는, 분명히 예약해놓았는데 만실이라고. 근처에 동급 호텔이 있으니 죄송하지만 오늘밤만 그곳에서 숙박했으면 한다고 프런트에서 말한 모양이다. 기분은 나빴지만 어쩔 수 없지 않은가.

그런데 동급 호텔이라는 곳에 가보았더니, 웬걸 초라하

고 낡아 찌든, 남루하기 그지없는 호텔이었다. 이게 동급 맞아?

다음날 원래 예약한 호텔에 돌아왔는데, 낮에 다시 보니 이쪽 호텔은 여행 팸플릿 사진 그대로 깔끔한 호텔이었다. 부글부글 제대로 화가 났다.

우리는 화가 나서 프런트에 항의했다. 상대는 스페인어, 우리는 일본어. 그곳에 공통의 언어 따위는 존재하지 않았다. 손짓 발짓이 전부였다.

"어제 당신들이 말한 호텔은 절대로 동급 호텔이 아니었다. 남루한 호텔이었다. 우리는 상처받았다. 사죄의 뜻으로 오늘밤 이 호텔에서 개최되는 플라멩코 쇼를 무료로 보게 해주는 건 어떤가."

사람이 언어를 통하지 않고 이 내용을 설명할 수 있을까?

가능했다. '상처받았다' 부분에서는 가슴을 누르며 괴로운 상태를 표현했다. 그리고 '플라멩코 쇼를 무료로'에서는 춤을 추었다. 드디어 하고 싶은 말을 전부 전달했을 때는 감개무량했다.

게다가 우리의 손짓 발짓에는 포함되어 있지 않았던, "룸으로 화이트와인 한 병을 보내준다."는 서비스까지 더

해졌다. 브라보! 화이트와인은 서로 양보한 결과, 친구가
기념으로 가지고 갔다.

노 제스처, 노 라이프!

나의 길이에 대해

남성과 달리, 여성은 하루에도 몇 번씩 화장실 휴지를 사용해야 하는 신체 구조를 갖고 있다. 작은 볼일에도 휴지가 필요한 것이다.

그런데 그 작은 볼일의 경우, 화장실 휴지를 몇 센티미터나 사용하고 있을까?

어쩌면 이미 평균치가 발표되었는지도 모른다. 하지만 내가 정말로 알고 싶은 것은 '나만의 길이'라는 생각이 들었다.

여기까지 쓰고, 화장실로 향한다.

그리고 지금 막 돌아왔다. 사용하지 않은 화장실 휴지가 책상 위에 길게 놓여 있다.

작은 볼일을 본다는 마음으로 바지를 내린 채 좌변기에 앉아 평상시의 느낌으로 화장실 휴지를 잘라본다. 화장실 휴지를 자로 재어본다는 전제이기 때문에, 조금 어색했을 수도 있다. 오른손으로 휙 당기고 왼손 집게손가락으로 보조해가며 한 바퀴 회전. 마지막에는 오른손으로 찌익. 나만이 아는, 익숙한 손동작이다.

빨리 재보고 싶었지만, 문득 한 가지 의문이 들었다.

'자'와 '정규定規'는 어떻게 다른 걸까?

내 책상에는 『산세이도 유의어 신사전』이 언제나 대기하고 있다. "공부 잘하는 아이의 책상 위에는 항상 사전이 놓여 있다." 중학생 때 누군가가 했던 말이 기억나서, 서른다섯 살이 넘어갈 무렵부터 실천하고 있었다.

『산세이도 유의어 신사전』에 따르면, '자'는 길이를 측정하는 도구이며, '정규'는 직선이나 곡선을 그을 때 대고 그리는 용구라고 한다. 말하자면, 측정하는 것과 긋는 것의 차이이다.

'자'로 아까 가져온 화장실 휴지의 길이를 재본다. 책상 위에는 가로로 펼친 화장실 휴지가 놓여 있다. 이렇게 보니 고급스러운 느낌마저 든다. 작은 족자에 사용하는 전통 종이 같다.

길이는 금방 판명되었다. '그래서 어떻다는 건가?'라는 생각도 들지만, 오늘을 경계로 화장실 안에서 떠올릴 수 있는, '나만의 고유한 숫자'를 얻은 것이다.

이렇게 된 바에야, 친구들과도 비교해보고 싶다.

"준비, 땅!"

모두 모여서 잘라온 자신의 화장실 휴지를 책상 위에 늘어놓는 것이다. 비슷비슷하면 좋겠지만, 극단적으로 길거나 또는 짧은 경우, 뭐라고 말해야 할까?

"그걸로 돼?"

"남지 않아?"

엄마와 비교해보는 것도 흥미로울 것 같다. 키운 사람(엄마)과 키워진 사람(딸). 두 사람의 휴지 길이는 어떻게 다를까?

내 것이 아주 짧을 수도 있겠지만, 평생 이 길이로 사용했기 때문에 자신이 잘못 사용한 것이 아니라는 자신감도 있다. 분명히 모두 그렇게 생각할 것이다.

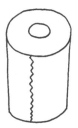

네 송이 장미, 포 어 로 제 스

무엇을 마시면 좋을지 정하지 못하고 있다. 술 이야기다.

나는 술이 세지 않다. 마시면 곧바로 얼굴에 나타나 눈까지 충혈된다. 자력으로는 어떻게 감출 수가 없기에, 눈에 핏발이 선 채 새빨간 얼굴로 앉아 있다. 식사 자리에서는 맥주 한 잔을 두 시간에 걸쳐 마시면 딱 좋은 정도. 그보다 양이 늘어나면 졸음이 와서 눕고 싶어진다.

백화점 식당가 같은 곳에 들어가면 벽에 "한 모금 맥주 있습니다."라고 쓰인 종이가 붙어 있다. 내게는 다섯 모금

쯤 되려나. 그러면서도 난 맥주를 좋아한다. 특히, 차갑게 식힌 맥주의 첫 모금을. 작은 청주 잔에 차가운 맥주를 주는 곳은 없을까?

맥주 하니까 생각나는데, 길가의 술집 앞에서 시음 캔을 나눠주는 아르바이트를 한 적 있었다. 맥주회사의 앞치마를 걸치고선,

"쌉쌀한, 생맥주! 신발매!" 하고 외쳤다.

그렇게 외쳤지만, 정작 말하고 있는 본인은 무슨 뜻인지 알지 못했다. 한여름의 해질 무렵, 길 가던 샐러리맨이 줄을 지어 마시고 갔다. 미니 캔이어서 대부분 꿀꺽 하고 원샷. 사람들에게 무언가를 주는 것은 무척 기분좋았다. 인간의 쾌락 스위치는 다양한 곳에 붙어 있구나, 하고 그때 처음 생각했다.

맥주의 알코올 도수는 5퍼센트 정도. 와인은 그 세 배쯤 되므로, 나는 외식을 할 때는 와인에 손을 대지 않는다. 다만, 소주는 물 등으로 희석할 수 있어서 허용하고 있다.

그렇다. 술을 무언가로 희석하면 어떻게든 되는 것이다.

예컨대, 카시스소다^{Cassis Soda}. 리큐어^{liqueur}✱를 탄산수로 희석한 비교적 가벼운 칵테일이다. 식사중 맥주라면 한 잔이지만, 카시스소다라면 두 잔까지 마실 용의가 있다.

✱ 알코올에 설탕과 식물성 향료 따위를 섞어서 만든 혼성주.

189

하지만 여기에도 문제가 하나 있다. 그런 식의 달콤하고 붉은 칵테일은 반짝반짝 빛나는 젊은 여성이 마실 때 비로소 빛을 발하는 술이 아닐까…….

예컨대 멋진 바에 가기로 했다고 하자. 멋진 남성과 함께하는 멋진 밤이다.

카운터 석으로 안내를 받아 앉는다. 재즈 계통의 음악이 흐르고 있을지도 모른다. 그런 약속은 있지도 않지만, 자문한다. 자, 그때 반짝반짝하지 않는 너는 무엇을 주문할 거지?

카시스소다? 불가.

따뜻한 물을 섞은 고구마소주? 불가.

맥주로 도망갈까? 답을 찾지 못한 채, 어느 밤 식사 후에 친구들과 바에 들렀다. 고풍스러운 분위기의 바. 친구들은 맥주와 진토닉[※1], 하이볼highball[※2]을 주문했다. 더없이 무난한 선택일 것이다. 그러는 나 역시도 맥주다.

한참 후 옆자리에 여성 두 명이 앉았다. 그중 긴 머리의 그녀가 말했다.

"포어 로제스Four Roses에 소다를 섞어서."

나는 마음속의 수첩을 펼치고서 '포어 로제스에 소다를 섞어서.'라고 적었다. 잊지 않도록 세 번 적었다.

집에 돌아와 컴퓨터로 '포어 로제스'를 검색해보았다. 이름의 유래를 알고 날아오를 듯 기뻤다.

포어 로제스의 창시자인 한 남자가 무도회에서 절세의 미녀를 만났고, 그는 곧바로 프러포즈를 한다. 그때 여자는 이렇게 말했다. 다음 무도회에 장미꽃 장식을 달고 나오면 오케이 사인이라고. 그리고 다음 무도회의 밤. 여자는 가슴에 네 송이의 장미를 달고 나타났다. '포어 로제스'는 그 네 송이의 붉은 장미에서 이름 붙인 술이라고 설명하고 있었다.

나는 컴퓨터 앞에서 눈을 감았다.

멋진 바에서, 멋진 남성과 마시는 포어 로제스.

"있지, 이 술 이름이 왜 포어 로제스인지 알아?"

나는 아마도 짐짓 잘난 척하며 미소 지을 것이다.

얼마 후, 차분한 느낌의 바에 갈 기회가 있었다. 카운터 너머로 야경이 보였다. 멋지다고 못할 것도 없었다. 업무 미팅 후였기 때문에 거래처 남성과 함께였다는 것이 시시했지만, 예의 그것을 시험해볼 절호의 기회였다. 이 기회를 놓칠 수는 없지.

나는 아는 척 주문한다.

"포어 로제스에 소다를 넣어서."

연습한 그대로다.

그런데 카운터 안의 바텐더가 내게 물었다.

"블랙으로 드리면 되겠습니까?"

"네!?"

포어 로제스에 종류가 있다는 것까지는 미처 공부하지 못했던 것이다. 마시기 전부터 술 취한 듯 얼굴이 새빨개졌다.

물 속 에 서 의 단 상

가끔씩 물속을 걷는다. 헬스클럽 수영장 이야기다.

수영장에는 걷는 사람 전용의 레인이 두 곳 준비되어 있다. 한 줄은 천천히 걷는 사람용. 그렇다면 또 한 줄은 빨리 걷는 사람용인데, 두 곳 모두 속도는 비슷해 보인다. 왜냐하면 모두들 그냥 비어 있는 쪽을 선택하고 있기 때문이다.

때때로 빨리 걷는 사람용 레인에서 엄청나게 천천히 걷는 사람이 있다. 어쩔 수 없이 거리가 좁혀진다. 하지만 '추월 금지'이기 때문에 도중에 뒤로 돌아 방향 전환을 해서 거리를 조절한다. 그렇게 하면 그만이기 때문에 딱히 짜증은 나지 않는다.

물속을 걷는다.

생각해보면 뭔가 이상하다.

가슴 언저리까지 물에 잠겨 있다. 그리고 걷고 있다. 수압이 있어서 평상시와는 걷는 방법이 다르다. 성큼성큼, 엄청나게 큰 보폭으로 걷는다. 길거리에서 이런 식으로 걸었다가는 사람들이 흠칫흠칫할 텐데. 그리고 다리에도 쥐가 날 것이다.

성큼성큼 물속을 큰 걸음으로 걷고 있을 때, 사람들은 무슨 생각을 할까?

그런 생각을 하면서 걷는 내 앞에서 나처럼 걷고 있는 노년기에 막 접어든 듯한 초로의 여성 역시 '모두들 무슨 생각을 할까?' 하고 생각하면서 걷고 있을지도 모른다.

'칼로리가 좀 소비되었을까~'

'춥고, 화장실도 가고 싶어~'

그런 생각을 할지도 모른다. 참고로, 이건 내가 가장 자주 하는 생각이다.

레인 내에서는 우측통행을 하게 되어 있다. 그러나 왕복을 하다보면 당연히 맞은편에서 오는 사람과 스쳐지나갈 수밖에 없다. 두 사람이 스치는 순간, 물의 파동이 서로 섞여서 살짝 비틀거리게 된다.

'곧 비틀거리겠군.'

그런 생각을 하며 걷고 있는 순간이, 다른 사람에게도 있을지 모른다.

걷는 레인 외에 물론 당연히 수영하는 레인도 있다.

수영 레인에도 종류가 있어서, 천천히 수영하는 사람이나 도중에 일어서는 사람용, 그럭저럭 수영할 수 있는 사람용, 빠르게 수영하는 사람용 레인이 있다.

빠른 레인의 사람들.

그들은 피라미드의 정점이다. 특히, 걷는 세상의 주민인 내 입장에서 보면, 특특급 엘리트이다. 너무 멀어서 어떤 사람들이 있는지 잘 보이지도 않는다. 걷는 레인이 왼쪽 끝이라면, 엘리트들의 레인은 정반대인 오른쪽 끝이다.

빠른 세상 사람들의 수영은 일단 물보라가 일지 않는다. 스윽스윽 돌고래 같다.

그에 비해 천천히 헤엄치는 사람용 레인은 전반적으로 첨벙첨벙 소리가 요란하다. 기껏 호흡 한 번 하고는 고개를 들기 때문이다. 말 그대로 죽자 살자 목숨을 걸고 있는 애처로운 모습이랄까……. 하지만 내가 수영을 할 때도 당연히 이 레인이기 때문에 남몰래 그들을 응원하고 있다. 파이팅, 힘내세요!

궁금한 것은 그럭저럭 수영할 수 있는 세계의 사람들이다. 그들은 이후에 어떻게 하고 싶은 걸까. 아무것도 하고 싶지 않을 걸까. 참 오지랖도 가지가지.

수중 워킹은 20분 정도만 하게 되어 있어서 때때로 벽시계로 시간을 확인한다. 그런데 공교롭게도 시계 밑에 수영장의 안전요원이 서 있다. 그래서 너무 자주 그쪽을 보면 '뭔가 하고 싶은 말이 있는 사람'으로 보일 것 같아서, 그럴 때는 괜히 허리를 비틀면서 걷는다. 허리를 비트는 순간, 슬쩍 시계를 보는 것이다. 게다가 곧바로 동작을 바꾸면 부자연스럽기 때문에 한참 허리를 비틀고 있다.

육지 사회도 힘들지만, 물속에서도 인간은 여러 가지를 생각하고 있다.

나의 작은 작업실 방에는 책상이 두 개 있습니다.

남쪽에는 글을 쓰는 책상, 북쪽에는 만화를 그리는 책상. 이동용 바퀴가 달린 의자가 하나뿐이라, 그 의자에 앉은 채 두 책상 사이를 오갑니다.

뱅그르르 한 바퀴 돈 후 책상을 손으로 밀어 다른 쪽 책상으로 스르륵 다가갑니다.

그 1미터 50센티 정도의 거리를 오가는 동안, 쉽게 기분전환을 할 수 있는 특기가 내게는 있습니다. 혹시 관심 없을지도 모르지만, 나는 잠도 무척 쉽게 듭니다. 남쪽과 북쪽을 바퀴 달린 의자로 이동하듯 그렇게, 머릿속 스위치를 톡 끄면 곧바로 잠이 듭니다.

남쪽 책상에서

마스다 미리

그렇게 쓰여 있었다

초판 1쇄 발행 2017년 10월 24일
초판 3쇄 발행 2022년 3월 2일

지은이 마스다 미리
옮긴이 박정임
펴낸이 고미영

편집 고미영 정선재 이은주
디자인 위앤드(정승현)
마케팅 채진아 유희수 황승현
홍보 함유지 함근아 김희숙 정승민
제작 강신은 김동욱 임현식
제작처 영신사

펴낸곳 (주)이봄
출판등록 2014년 7월 6일 제406-2014-000064호
주소 10881 경기도 파주시 회동길 455-3
전자우편 yibom@yibombook.com
팩스 031-955-8855
문의전화 031-8071-8673(마케팅)
          031-955-9981~3(편집)

ISBN 979-11-88451-04-3 03830

springtenten   yibom_publishers